# Reliure serrée

# Le Trésor des Glaïeuls

F. SAINT-OGAN

Émile GAILLARD

# Le Trésor des Glaïeuls





Série 7

# L. SAINT-OGAN

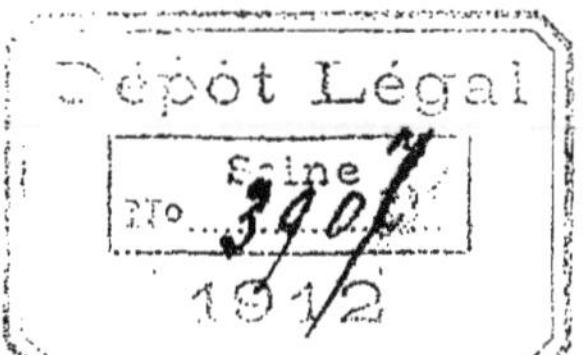


# Le Trésor des Glaïeuls

## Illustrations de J. PÉGOT-OGIER

ÉMILE GAILLARD
Éditeur
37, rue Gandon (XIIIe)
PARIS

A MES PETITS AMIS

JACQUES et ANDRÉE HURPEAU,

*Souvenir affectueux.*

L.-L. SAINT-OGAN.

# CHAPITRE PREMIER

L'auberge des « Trois-Couronnes » qui était la principale dans la jolie bourgade de Lanville, située à flanc de coteau, dans l'arrondissement de Laval, avait été autrefois très prospère.

En ce temps-là, il fallait aller assez loin aux alentours pour trouver une gare de chemin de fer et l'auberge servait de relais.

A présent, les voies ferrées s'étaient rapprochées, les autos s'étaient mises de la partie, et les « Trois-Couronnes », où l'étape n'était plus nécessaire, avaient vu leur vogue diminuer.

Cependant, tous les matins et tous les soirs, un omnibus faisait avec une lenteur prudente le trajet de Lanville à Laval, et en ramenait parfois de rares voyageurs et quelques colis.

Mais M<sup>me</sup> Chopart, la patronne des « Trois-Couronnes », n'avait plus son bel entrain et se laissait, de loin en loin, glisser à la neurasthénie.

Nous la trouvons causant dans la grande salle avec une voisine ; pour changer, ces dames parlaient de la dureté des temps et de la cherté des vivres, sujets qu'elles faisaient de préférence revenir dans leurs conversations.

— Qu'est-ce qui arrivera si on ne peut plus manger de lentilles, Madame Rougeon ?

— Je vous le demande, Madame Chopart.

Après quelques instants de méditation, M^{me} Chopart reprit :

— Du sale temps, aujourd'hui ! On ne mettrait pas un chien à la rue.

La tempête, en effet, se déchaînait au dehors. Le vent soufflait avec violence en passant sous les portes, et la rafale ébranlait l'huis des fenêtres ; sur les vitres, la pluie cinglait avec un bruit métallique.

— Sûr qu'il doit tomber de la neige fondue ! Ah ! l'hiver vient de bonne heure cette année !

— Voyons, Madame Rougeon, faut être juste. Le mois de novembre, c'est point fait pour amener la chaleur.

— C'est égal, j' pense point que vous ayez grand monde de ce temps-là !...

M^{me} Chopart avait jeté un regard sur la vieille horloge dont le tic tac s'égrenait monotone ; elle s'excusa auprès de M^{me} Rougeon :

— Faut que j' veille à mon veau, la voiture va arriver.

En effet, à travers le brouhaha de la tempête, on entendit l'omnibus s'arrêter devant la porte que M^{me} Chopart avait ouverte. La clarté intérieure éclairait le cocher, ruisselant d'eau et aveuglé par l'averse, qui descendait de son siège.

— Du monde ? fit M^{me} Chopart incrédule.

— Deux personnes ; elles ne doivent pas avoir chaud, cristi !

Cependant l'aubergiste s'était précipitée au-devant des voyageurs.

Dans l'un d'eux, elle avait reconnu l'un de ses concitoyens, M. Stanislas Dugast, qui habitait avec sa femme une maison assez isolée. On les disait riches, mais ils étaient sauvages et ne fréquentaient personne.

Sans entrer dans l'auberge, il avait ouvert son parapluie, fait un bref signe de tête et s'enfonçait dans la nuit.

— C'est-y possible d'être ours à ce point-là ! fit M^me Chopart d'un ton de blâme.

Elle s'occupait maintenant de l'autre voyageuse, une jeune fille paraissant glacée et qu'elle avait fait entrer dans la maison.

— Nous sommes bien à Lanville ? demanda l'arrivante.

— Oui, Mademoiselle.

— Est-ce que je suis loin de la place Gambetta ?

L'aubergiste leva les bras au ciel.

— C'est tout à l'autre bout du pays. Vous ne connaissez pas Lanville ?

— Je n'y suis jamais venue.

— Eh bien ! eh bien ! fit M^me Rougeon en hochant le menton, à c't' heure-ci et par ce temps-là, je doute que vous vous y retrouviez. On ne va pas venir vous chercher ?

— Oh ! non ! on ignore l'heure exacte de mon arrivée.

M^me Chopart à son tour agitait doctement la tête.

Le conducteur avait rouvert la porte et introduisait les colis qu'il avait descendus de la voiture.

— Ma malle ? demanda la jeune voyageuse.

— Ah ! vous avez des bagages ?

— Oui.

— On ne pourra pas vous les porter ce soir, dit M^me Chopart, c'est impossible.

La jeune fille semblait réfléchir.

— Est-ce que vous pourriez me donner à dîner et une chambre ? demanda-t-elle.

— Mais certainement, Mademoiselle, fit M^me Chopart en s'empressant. C'est bien le plus sage, allez ! Autrement vous attraperiez la mort et puis le reste... Et vous me direz des nouvelles de mon veau !... C'est pas pour me vanter, mais pour le veau, on peut me défier... Ah !

dame! j'y mets du beurre, moi..., la graisse, voyez-vous...

Il faut avouer que la jeune personne n'écoutait plus guère le flot de paroles de M$^{me}$ Chopart, elle s'était approchée du feu et tendait ses pieds vers la flamme.

Puis elle demanda sa chambre pour ôter son chapeau.

— J' vas vous mettre dans celle à côté, dit l'aubergiste, vous aurez plus chaud. Tenez, Jules, passez la malle, s'il vous plaît.

Et tenant la lampe, elle sortit de la salle suivie du garçon et de la jeune fille.

En servant le dîner de la voyageuse, M$^{me}$ Chopart lui avait fait la conversation et lui avait appris une partie des us et coutumes de Lanville, en lui donnant quelques renseignements sur les habitants. Toutefois, en exposant la situation, en racontant les misères, en dévoilant les histoires de famille de ses concitoyens, M$^{me}$ Chopart se hâtait d'ajouter que leurs affaires n'étaient pas les siennes et qu'elle serait bien fâchée de s'en mêler.

Devant tant de réserve et d'abandon à la fois et pressée aussi, il faut le dire, de quelques questions, la jeune voyageuse n'avait pas caché qu'elle venait à Lanville pour y occuper le poste d'institutrice-adjointe à l'école des filles.

— Ah! bon, bon, fit l'aubergiste, je comprends, — c'était une forme de langage qu'elle affectionnait et destinée sans doute à fixer ses interlocuteurs — vous remplacez la pauvre M$^{me}$ Prévost. Elle a bien fait de prendre sa retraite : les gamines et sa directrice, qu'est pas commode non plus, ça l'aurait tuée à la fin, c'te femme, surtout qu'elle avait déjà un peu d'âge. Mais dame! faut gagner son pain, n'est-ce pas? Pour manger, on supporte bien des choses!...

Cette appréciation désabusée sur la situation que venait occuper la jeune fille n'était peut-être pas très réconfortante, mais M$^{me}$ Chopart ayant ajouté que tout cela c'était l'affaire de tout un chacun et qu'elle-même ne croyait jamais que la moitié de ce qu'on lui disait, la jeune institutrice mit cette méthode à profit à propos même des paroles de son interlocutrice et appliqua le principe séance tenante.

La voyageuse, qui se nommait Hélène Lefebvre, était fatiguée.

La soirée ne se prolongea pas très tard et le lendemain matin, M^me Chopart offrit à son hôtesse une tasse de chocolat bien sucré.

Puis on chargea sur une brouette la malle de la jeune fille. Jules, le garçon, devait la lui conduire, en lui servant de guide, jusqu'à l'école des filles.

M^elle Lefebvre avait serré la main de M^me Chopart.

— Une demoiselle ben gentille, déclara l'aubergiste en la regardant partir.

# CHAPITRE II

La tempête avait cessé et le vent ne soufflait plus ; mais un brouillard opaque couvrait tout de sa brume glacée.

M^me Chopart, tout en vaquant aux soins de son ménage, se livrait suivant son usage à quelques considérations philosophiques, quand la trompe d'une automobile retentit derrière la porte.

L'aubergiste n'était pas l'amie du progrès et encore moins de la vitesse. Aussi, détestait-elle ces machines animées de fer et d'acier qui passaient comme des bolides devant sa maison, dédaignant sa rustique enseigne qu'elles enveloppaient des aveuglants nuages de poussière soulevés derrière elles.

Aussi, d'ordinaire M^me Chopart avait peu affaire aux autos et aux chauffeurs. Mais la trompe cornait toujours devant sa porte avec une persistance qui finit par attirer son attention.

— Ah ! ça, qu'est-ce qu'ils veulent ceux-ci ? se dit-elle.

Elle avait ouvert sa porte. Une limousine qui contenait plusieurs personnes stationnait sur la route ; le chauffeur penché en avant, hélait l'aubergiste.

— Sommes-nous à Lanville ? demanda-t-il.

— Bien sûr, on ne peut pas dire que vous n'y êtes pas.

Par la vitre de devant, un des voyageurs de l'auto parlait au mécanicien qui se retourna vers M^me Chopart et dit :

— Le Château des Glaïeuls, est-ce loin encore ?

La brave femme haussa les épaules.

— Des fois, pour quéqu'un qui marcherait d'un bon pas, y en a pour une demi-heure, trois quarts d'heure. Avec votre machine, dame ! ça va plus vite, ben sûr, mais... .

— Enfin, combien y a-t-il de kilomètres ?

— Des kilomètres, répéta M^me Chopart, j' sais point, dame ! C'est à une demi-heure, trois quarts d'heure...

— Oui, oui, vous l'avez déjà dit, interrompit le chauffeur impatienté.

— Eh bien ! puisque vous me le demandez encore ! riposta M^me Chopart froissée.

— La route est-elle bonne ? reprit le mécanicien.

— Ma foi !  j' l'ai pas vue depuis longtemps.

— Mais en général ?

— En général !... ben quoi, ça va, ça vient. Des fois qu'il pleut, c'est mauvais, après, c'est meilleur.

Un gros homme tout rouge avait baissé la glace et avait passé sa tête par la portière.

— Ah ! ça, ma bonne femme, s'écria-t-il, finissons-en. Voulez-vous nous renseigner, oui ou non ?

— Ah ! vous pourriez être un peu plus honnête, Monsieur, répliqua vivement M^me Chopart, à laquelle le mot « bonne femme » avait échauffé les oreilles, j' peux pas vous dire ce que je sais pas. C'est-y bon ? C'est-y mauvais ? Allez-y voir vous-même !

C'était bien ce que les voyageurs avaient l'intention de faire sans doute, car, sur un ordre du gros homme, le mécanicien avait sauté à terre et tournait la manivelle pour la mise en marche de sa machine ; mais malgré un râle précipité du moteur, le lourd véhicule ne s'ébranla

L'AUTRE VOYAGEUSE, UNE JEUNE FILLE, PARAISSAIT GLACÉE (PAGE 7).

pas. Le chauffeur revint à la charge encore sans succès, il eut beau redescendre dix fois de son siége, retirer ses gants, lever le capot, contrôler le réservoir, aucune de ses manœuvres ne réussit. C'était la fâcheuse panne, on ne pouvait plus se le dissimuler.

Impassible, M<sup>me</sup> Chopart avait assisté aux efforts désespérés du chauffeur.

Une ou deux voisines étaient venues se joindre à elle, ainsi que quelques gamins, trop jeunes pour aller à l'école, et échangeaient des réflexions qui, pour n'être pas nouvelles, témoignaient toutefois d'un grand sens de la vie.

— A quoi ça sert d'aller si vite pour s'arrêter ensuite ? observa l'aubergiste.

— Avec ses jambes, on sait où on va, répondit une des voisines.

— Avec ces inventions-là, allez, on ne sait jamais sur quoi compter, reprit M<sup>me</sup> Chopart.

Le chauffeur avait mis bas sa veste et ouvert sa boîte d'outils ; puis, rampant sous son moteur, tâchait de découvrir la cause du mal.

Un gamin venait de lui donner cet avis charitable :

— Vous ferez bien aussi de regonfler votre pneu, là, à l'arrière, à gauche.

Le caoutchouc de la roue appuyait, en effet, lamentablement sur le sol.

— Tout s'en mêle, grommela le chauffeur, à qui Jules, le garçon, revenu du bourg, avait offert ses services.

— C'est-y un Michelin ? questionna un autre gamin.

— Ben alors, fit avec un gros rire Jules qui se piquait d'esprit, s'il boit l'obstacle, ça le remplit tout de même pas beaucoup !...

Cependant, à l'intérieur de la limousine, les automobilistes s'impatientaient. On les entendait élever la voix.

Enfin, la portière s'ouvrit et les voyageurs descendirent.

Ils étaient cinq : le gros monsieur précité, une dame

d'une carrure aussi imposante, puis deux filles, par contre, longues et maigres, qui paraissaient avoir l'une treize ans, l'autre onze, et enfin un garçon qui avait une dizaine d'années environ et l'air insignifiant.

Le père avait de nouveau interpellé M^me Chopart.

— C'est une auberge ici ? demanda-t-il.

— Je pense que ça se voit, fit l'hôtelière en jetant un regard sur la branche de sapin se balançant au haut de sa porte au-dessus de l'enseigne en fer peint qui, depuis des générations, portait ces mots : « Aux Trois-Couronnes ».

— On peut manger ?

— Mais pour quoi donc que vous prenez ma maison? Entrez un peu, vous verrez bien.

Il y avait de la fierté blessée dans ces propos ; mais dictés par l'amour-propre de l'aubergiste, ils étaient cependant imprudents et M^me Chopart le sentit quand elle se vit prise au mot.

Les « Trois-Couronnes » n'avaient plus l'habitude de cette invasion imprévue de voyageurs. Le soir, on pouvait toujours recevoir un ou deux hôtes amenés au hasard de l'omnibus, mais au repas de midi, à part un roulier par-ci, par-là, et qui se contentait de lait générale-ment, on ne voyait jamais personne.

Pour nourrir les cinq voyageurs, sans compter le chauffeur — et Dieu sait s'il avait gagné de l'appétit à fourrager ainsi sous sa machine — M^me Chopart ne dis-posait que d'un morceau de veau froid de la veille, de quelques œufs et de pommes de terre.

— Y a pas, y a pas, se dit-elle, il faut vivement ren-voyer Jules au bourg chercher de la viande.

Mais quoi, grand Dieu ! Le boucher tuait le vendredi, on était au jeudi matin. Que lui resterait-il ?

Les voyageurs étaient entrés dans la salle. La grosse dame, sortant de ses voiles et de ses fourrures qui ne laissaient passer de sa figure qu'un bout de nez rouge comme une tomate et des petits yeux mauvais, constatait déjà que le feu ne chauffait pas.

Le petit garçon pleurnichait en se plaignant du froid aux pieds.

Quant aux deux filles, elles se disputaient une place devant l'étroit miroir pendu entre les deux fenêtres pour remettre leurs bonnets droit.

— Allons, vous allez nous servir, et plus vite que ça ! s'écria en entrant à son tour dans la salle le gros homme au teint rubicond. Nous avons froid et faim. Vous savez, je suis M. Laperdrix.

Ce nom ne sembla pas frapper M$^{me}$ Chopart qui ne le releva d'aucune exclamation.

— M. et M$^{me}$ Laperdrix, répéta le nouveau venu. Nous avons acheté le château des Glaïeuls.

— Ah ! fit l'aubergiste restant très calme, c'est vous ?

— C'est nous ! Il dépend du bourg de Lanville, n'est-ce pas ?

— Il en dépend ! dit-elle, d'un ton bref.

M$^{me}$ Chopart était habituée à des hôtes moins arrogants et ses clients ordinaires n'avaient point ce ton de suffisance.

Une autre cause contribuait aussi à la rendre taciturne : la question des vivres. Qu'allait rapporter Jules de chez le boucher ?

L'aubergiste fut bientôt fixée sur ce point. Il n'y avait plus rien chez le boucher, rien qu'une côtelette de mouton, et toute petite encore.

Vatel, le cuisinier du Grand Condé, se tua parce que la marée n'arrivait pas. M$^{me}$ Chopart ignorait cette anecdote, et peut-être d'ailleurs ne plaçait-elle pas l'amour-propre professionnel aussi haut que son célèbre confrère ; le fait est qu'elle ne songea pas un instant au suicide, mais elle envoya un regard de travers aux voyageurs qui continuaient à réclamer instamment le déjeuner.

— Eh bien ! ils ne le tiennent pas, pensa l'hôtelière en jetant un coup d'œil sur la petite côtelette qui se morfondait solitaire sur la table de la cuisine.

Elle avait mis au feu des pommes de terre.

— J' vas tordre le cou à un poulet, se dit-elle.

Mais la basse-cour ne présentait pas non plus grande ressource. Toutes les jeunes couvées de l'année avaient déjà été mangées ; il ne restait que des coqs respectables et des pondeuses assez mûres. Ce fut parmi celles-ci que M^me Chopart choisit une victime. En la plumant, elle sentit ses inquiétudes redoubler.

— Bon sang, murmura-t-elle, il aurait fallu qu'elle cuise au moins six heures.

Et en tirant désespérément sur les plumes qui adhéraient de la façon la plus tenace à la peau du volatile endurci, M^me Chopart pensait avec amertume qu'en ce monde, on ne peut jamais compter sur personne, même sur les poules quand on en a besoin.

Pendant ce temps, tous les Laperdrix n'avaient cessé de manifester la plus grande mauvaise humeur, se plaignant de tout et sans cesse. Comme il arrive souvent en pareil cas, ils avaient glissé du général au particulier et s'apostrophaient entre eux de quelques mots aigres.

L'annonce du déjeuner vint enfin calmer les esprits. Après une heure et demie d'attente le repas était prêt.

Une voisine complaisante avait prêté du jambon qui égayait l'omelette ; les pommes de terre s'étalaient en une purée moelleuse et dorée. Les Laperdrix firent honneur au premier service. Pour la fricassée de poulet, il y eut quelques murmures, et M^me Laperdrix accusa M^me Chopart d'en vouloir à leurs dents. Le fromage et les confitures, excellents tous deux, détendirent encore une fois les rapports entre l'aubergiste et ses hôtes, mais les choses se gâtèrent de nouveau au café, dans lequel M^me Laperdrix voulut voir de la chicorée.

M<sup>me</sup> Chopart soupirait après le moment où elle serait débarrassée de ces visiteurs difficiles à contenter.

Sous la voiture, le chauffeur travaillait toujours.

Impatiemment, M. Laperdrix était allé plusieurs fois le relancer. Enfin, le dégât était réparé, le mécanicien serra ses outils, se lava à la fontaine et avala en hâte quelques morceaux.

— Vous serez aux Glaïeuls en dix minutes, avait dit Jules au chauffeur en lui indiquant le chemin.

Le brouillard s'était dissipé ; on apercevait distinctement la route maintenant.

M<sup>me</sup> Chopart avait échangé avec ses hôtes de froids adieux et ceux-ci s'étaient empilés de nouveau dans la limousine.

Le chauffeur était à son poste et la même galerie que le matin regardait le départ qui s'opéra, cette fois, sans encombre ; il y eut bien quelques ratés dans le carburateur, mais l'auto n'en fila pas moins à toute allure, en sonnant un air de bravoure.

— Bon voyage ! fit M<sup>me</sup> Chopart, et ce que je souhaite, c'est de ne pas les revoir souvent.

Et l'aubergiste rentra dans sa maison pour y rétablir l'ordre troublé par cette affluence inusitée de voyageurs.

# CHAPITRE III

Hélène Lefebvre était orpheline depuis de longues années. Elle avait été élevée par une cousine éloignée qui avait pourvu aux soins de son éducation et l'avait mise à même d'obtenir ses diplômes d'institutrice.

Grâce à quelques protections, elle venait d'être nommée adjointe à l'école de Lanville. Ce n'était pas sans appréhension que la jeune fille avait gagné son poste. Elle était sortie aux dernières vacances de l'École Normale de province où elle avait été admise deux ans auparavant. Là, elle se sentait protégée et soutenue. C'était comme une grande famille où l'entouraient l'affection et l'expérience de ses maîtresses, l'amitié et la gaîté de ses compagnes... A présent, elle était entrée réellement dans la vie et se trouvait seule en face de la lutte.

Mais c'était une courageuse, Hélène. Elle avait de plus un caractère aimable et enjoué ; elle se disait que partout, il y a des braves gens et que tout le monde peut être heureux en faisant son devoir gaîment.

Au bout de quelques jours, la jeune fille était déjà faite à Lanville.

La directrice de l'école, dont elle était la seule aide,

n'était pas aussi noire qu'avait bien voulu le dire M<sup>me</sup> Chopart, et l'accusation portée contre elle d'avoir failli tuer l'ancienne adjointe, était sûrement une exagération humoristique.

Il fallait cependant savoir s'y prendre pour s'entendre avec M<sup>elle</sup> Pernin, car c'était une personne fort originale. Elle avait dépassé la cinquantaine, mais ne songeait nullement à prendre sa retraite. Son métier lui plaisait, bien que ses airs renfrognés fissent peur aux enfants.

Excellente au fond, elle avait sur la vie des points de vue désabusés et voulait généreusement faire profiter les autres de sa misanthropie. Elle aurait voulu convaincre ses élèves qu'elle les punissait pour leur bien et volontiers eût-elle réclamé des remercîments quand elle les privait de récréations et de promenades. Mais les enfants n'avaient point atteint ce degré de philosophie, et elles ne tardèrent pas à préférer la manière d'Hélène, douce et sérieuse, ferme et gaie à la fois.

La jeune fille trouva donc chez ses élèves beaucoup de consolations.

Elle était chargée du cours préparatoire au certificat d'études, avec lequel fusionnait le cours complémentaire, qui comptait du reste assez peu d'élèves.

Les fillettes confiées à ses soins avaient toutes de dix à treize ans, âge où l'intelligence s'ouvre plus pleinement à l'étude. Hélène s'intéressait donc beaucoup au travail des enfants.

Elle avait tout de suite distingué une jolie fillette de onze ans, la petite Gilberte Malorcy, qui l'avait charmée par sa mine éveillée et sa bonne tenue.

Un trait commun l'avait encore rapprochée de la petite fille; comme elle-même, celle-ci était orpheline et vivait à Lanville avec son aïeule qui tenait un petit magasin de mercerie et de modes.

— Il faudra venir voir grand'mère, Mademoiselle, lui

dit Gilberte au bout de quelques jours, je lui ai beaucoup parlé de vous.

Et Hélène promit de se rendre un jeudi chez M^me Malorey.

La jeune institutrice avait pensé habiter seule, mais M^elle Pernin lui avait offert de partager son logis et ses repas.

Positivement, Hélène n'avait pas de raison pour refuser cette proposition.

Habituée à la vie en commun de l'Ecole normale, elle redoutait un peu les soirées solitaires et elle fut plutôt satisfaite d'accepter de vivre avec sa directrice, dont l'originalité, au fond, ne lui déplaisait pas.

Elles avaient même bientôt ressenti l'une pour l'autre une certaine affection, et elles s'étaient fait des confidences.

Hélène avait raconté sa vie toute simple et toute uniforme : les années de travail, les quelques jours de vacances chez sa cousine, les projets qu'elle faisait pour l'avenir et son espoir d'arriver un jour à se faire une situation honorable et avantageuse dans l'instruction.

M^elle Pernin, elle non plus, n'avait jamais eu de grandes secousses dans sa vie. Originaire de Versailles, elle était entrée dans l'enseignement dès sa prime jeunesse et, après quelques postes moins importants, avait été envoyée à Lanville où, sur sa demande, on la laissait depuis de longues années.

Mais depuis le temps qu'elle avait vu se succéder sur les bancs de sa classe des générations de fillettes, la bonne demoiselle n'avait jamais pu s'habituer à l'insouciance et à l'étourderie de ses élèves.

— Je n'étais pas comme ça, répétait-elle souvent. J'écoutais mes maîtresses, on n'était pas forcé de me redire toujours la même chose.

Hélène entendait patiemment ces doléances et souriait un peu des plaintes de sa vieille amie.

— Bah ! disait-elle, l'enfance est étourdie, ça passe plus tard.

Et tandis que M^elle^ Pernin voulait faire profiter Hélène de sa sagesse désenchantée, la jeune fille, au contraire, remontait la bonne demoiselle et essayait de lui faire voir les choses moins en noir.

Un jeudi, M^elle^ Pernin corrigeait les devoirs de ses élèves en gémissant sur les fautes qu'elle voyait se renouveler chez les mêmes enfants.

— La petite Marion m'a encore mis deux l à envoler ! soupira-t-elle.

— C'était pour aller plus vite, fit Hélène, en riant, par ce temps d'aviation.....

Et elle prit les cahiers des mains de sa vieille amie.

— J'ai fini les miens, dit-elle, passez-moi ceux-ci, nous les corrigerons ensemble.

Quand la correction fut terminée, M^elle^ Pernin poussa un soupir de soulagement.

— A présent, je vais voir au déjeûner, dit-elle.

C'était une des passions de la bonne demoiselle de s'occuper de cuisine à ses heures de loisirs ; elle s'empressait de venir retrouver, derrière son fourneau, une petite bonne à l'air effaré, préposée au service de la directrice.

Ce n'était pas que les lumières réunies du cordon bleu et de sa maîtresse amenassent des résultats bien brillants. La servante manquait encore d'expérience en l'art culinaire et M^elle^ Pernin ne savait pas profiter de celle qu'elle eût pu acquérir.

Hélène, heureusement, avait bon appétit, ce qui est le meilleur des assaisonnements pour toute cuisine.

Cette après midi-là, la jeune fille devait se rendre chez M^me^ Malorey.

Gilberte l'attendait avec impatience et l'avait fait entrer dans la grande arrière-boutique qui servait de salle à manger.

— JE VAIS TORDRE LE COU A UN POULET, SE DIT-ELLE (PAGE 18).

M^{me} Malorey était une vieille femme à cheveux gris, à la figure sympathique et douce sous son bonnet blanc. Elle fit à M^{elle} Lefebvre le meilleur accueil et lui dit combien sa petite fille avait d'affection pour elle.

— Vous serez contente, pour sûr, ajouta la grand-mère, elle est si appliquée et si studieuse. C'est toute ma consolation, Mademoiselle, il ne me reste qu'elle et j'ai tant pleuré !

Le timbre de la boutique avait retenti ; l'unique employée, une petite apprentie, était occupée avec une cliente.

— Je vous demande pardon, Mademoiselle, fit M^{me} Malorey en se levant, je vais revenir.

— Non, ne te dérange pas, grand' mère, fit Gilberte, je vais voir ce que c'est.

Elle revint une seconde après, appelant son aïeule.

— Il faut que tu viennes, dit-elle, je ne ne peux pas servir, c'est M^{me} Dugast.

En entendant ce nom, Hélène avait eu un petit tressaillement et, instinctivement s'était penchée vers le magasin pour essayer d'apercevoir l'acheteuse à travers le vitrage ; mais une pile de cartons bouchait la vue devant la jeune fille.

M^{me} Malorey était sortie en s'excusant encore une fois. Gilberte bavardait et racontait à son institutrice combien elle aimait s'occuper dans le magasin de sa grand'mère.

— Je connais bien tous les cartons, allez, et les prix ; je ne me tromperai pas. Mais M^{me} Dugast, par exemple, j'aurais pas pu la contenter, elle est difficile à satisfaire.

Hélène avait de nouveau fait un mouvement ; elle voulut parler, puis se ravisa.

M^{me} Malorey rentrait dans l'arrière-boutique.

— Ça n'a pas été long, heureusement, dit-elle, quelquefois les clients hésitent longtemps.

Puis, changeant de ton :

— Vous allez goûter avec nous, Mademoiselle Lefebvre, dit-elle à la jeune fille. J'ai du bon pain bis, du beurre frais et des confitures, vous allez voir ça.

D'un pas agile encore, la vieille femme parcourait la pièce, ouvrait une armoire, en sortait une serviette blanche.

— Allons, Gilberte, mets des verres, dit-elle, et prends une bouteille de cidre.

. . . . . . . . . . . . . . . . . . . . . . . . . . . . . . . . . . . .

Toute la soirée, Hélène fut absorbée et dut faire un effort pour répondre à M^elle^ Pernin, dont la conversation ne chômait pas souvent.

Rentrée dans sa chambre, la jeune fille avait ouvert un tiroir et pris dans un portefeuille une lettre qu'elle parcourait.

Tandis qu'elle la lisait, différentes émotions passaient sur sa figure ; enfin, elle la replia avec un geste un peu fébrile.

— Non, dit-elle, je ne bougerai pas, je resterai à l'écart; je n'ai pas à tenir compte de leurs intentions envers moi, je ne veux me souvenir que du passé.

# CHAPITRE IV

M. Laperdrix avait fait fortune dans le commerce des pâtes alimentaires et des légumes secs.

Pendant quinze ans, il avait profité de la vogue que le traitement des affections modernes, entérite, appendicite et autres donnent aux nouilles et au macaroni pour réaliser sur sa clientèle un honnête bénéfice qui lui avait permis de se retirer encore jeune des affaires.

Mme Laperdrix avait bien eu sa part dans la prospérité du commerce de son mari. Elle n'avait pas dédaigné de mettre, c'était bien le cas de le dire, la main à la pâte, et elle avait toujours veillé à ce que les produits anciens s'écoulassent avant les nouveaux, précaution qui dénotait chez elle un grand sens de l'ordre.

Une fois rentiers, les Laperdrix avaient voulu devenir propriétaires.

Evidemment les nouilles n'avaient pas assez rendu pour qu'ils s'achetassent un hôtel à Paris, mais ils pouvaient s'offrir quelque chose en dehors des fortifications.

De la proche banlieue, Mme Laperdrix ne voulait pas.

— On est toujours dans le train, disait-elle, ce ne serait pas la peine de quitter Paris.

Il fallait au moins aller jusqu'à la grande ceinture

pour avoir un peu d'air pur bien gagné après les années passées dans la boutique de la rue Saint-Martin.

Après des recherches nombreuses, les Laperdrix étaient devenus acquéreurs du château des Glaïeuls, dépendant du bourg de Lanville, dans les environs de Laval.

Château ? Le terme était peut-être excessif. Avec leurs quatre murs carrés percés de fenêtres régulières, leur perron bêtement posé devant la façade, leur distribution intérieure dont la banalité n'avait d'égale que l'incommodité, les Glaïeuls présentaient tout uniment l'aspect d'une maison sans goût ni style, mais quelque hobereau l'avait sans doute désignée ainsi en un jour d'orgueil et l'épithète lui en était restée.

C'était, d'ailleurs, ce qui avait influencé le choix de M^me Laperdrix. Elle avait pris des idées relevées dans le commerce des féculents et se sentait de taille à jouer le rôle de châtelaine.

On avait donc acheté les Glaïeuls. La maison avait été cédée meublée, c'était déjà un commencement d'installation. Toutefois, M^me Laperdrix se promettait d'y apporter des modifications.

Elle n'avait point trouvé le salon assez riche, ni la salle à manger assez garnie, mais c'était peu de chose. Du faubourg Saint-Antoine, des magasins étaient tout prêts à lui envoyer tous le Louis XV, Louis XVI et Henri II qu'il faudrait pour arranger à son goût les Glaïeuls.

Sans qu'elle s'y connut en style, M^me Laperdrix n'aimait pas l'art moderne. Le caprice des formes, la bizarrerie des lignes, la légèreté des enroulements ne lui paraissaient pas d'un effet assez cossu. Elle aimait mieux le massif. Le chêne, voire l'acajou plein, gardaient ses préférences.

L'arrivée des Laperdrix aux Glaïeuls avait fait grand bruit dans le pays.

Le château, pour l'appeler par son nom, n'avait pas de chance depuis quelques années. Les propriétaires s'y étaient succédé à de courts intervalles ; les uns étaient morts, les autres avaient vendu. Bref, le plus souvent, l'habitation était vide et un écriteau se balançait à la grille.

Encore une fois, les Glaïeuls étaient vendus. Les nouveaux acquéreurs y resteraient-ils ?

La première impression faite par les Laperdrix n'avait pas été très favorable ; mais le pays attendait pour se prononcer définitivement.

Les Laperdrix n'avaient amené avec eux que leur chauffeur, ils avaient pris à Lanville une cuisinière et une femme de chambre.

Celles-ci trouvaient le service assez dur, en effet, ce n'était pas très agréable d'être chez une maîtresse qui s'y connaissait si bien en produits.

$M^{me}$ Laperdrix, il faut l'avouer, ne rougissait pas de ses origines et parlait assez volontiers du « commerce de son époux ». Tout d'abord, à Lanville, on avait été impressionné par ces dénominations de « pâtes alimentaires et de légumes décortiqués »; puis, quand on avait su que M. Laperdrix y adjoignait la vente de confitures et de produits coloniaux, chocolat, riz et café, on avait mieux compris, et les gens du bourg, âmes primitives et de langage vulgaire, avaient tout simplement appelé ça de l'épicerie.

Mais le terme demeura ignoré de $M^{me}$ Laperdrix qui en eût été choquée.

Le parc des Glaïeuls était très grand et dans un coin s'élevait un petit pavillon, ancien rendez-vous de chasse, et qui datait, semblait-il, d'une époque antérieure à la maison.

$M^{me}$ Laperdrix, en faisant le tour du propriétaire, avait déclaré ce pavillon affreux et offensant pour la vue.

— Il faudra mettre cela par terre, déclara-t-elle, je ne

veux pas de masure pareille dans mon parc, je ne veux que du beau et du neuf.

Le vieux jardinier, qu'on avait pris dans le pays en attendant qu'il y en eut un à demeure aux Glaïeuls, et qui accompagnait M<sup>me</sup> Laperdrix dans sa promenade de découvertes, secoua la tête.

— Ben! des fois, j' crois que ce pavillon-là il a du mérite tout de même. C'est du vieux temps. Il y en a même qui disent qu'il y a eu un roi qu'a couché là.

— Un roi? répéta M<sup>me</sup> Laperdrix, incrédule.

— Oui, un anglais, qu'on a dit...

— Peuh! un anglais, reprit Idalie (c'était le nom de l'ancienne épicière).

Elle avait un ton dédaigneux.

— Serait-ce donc un château historique? demanda M. Laperdrix (Joséphin), qui était venu rejoindre sa femme.

Celle-ci avait haussé les épaules à la question de son mari.

— Historique? Il en avait des idées, M. Laperdrix! Idalie l'accusa de devenir romanesque.

Et puis d'ailleurs, que le pavillon fut historique ou non, qu'un roi anglais, français ou iroquois y eut couché, ou M. Fallières en personne, il n'en était pas moins condamné. Cette ruine ne déshonorerait pas plus longtemps le parc de M<sup>me</sup> Laperdrix.

— S'il fallait s'occuper de tout ça, déclara-t-elle, on ne pourrait plus rien faire.

Elle voyait déjà, aux lieu et place du pavillon, s'élever un kiosque rustique en fer peint, recouvert de chaume, et avec des verres de couleur.

— J'en ai vu un très gentil à l'exposition d'horticulture, disait-elle, j'écrirai au fabricant pour qu'il m'en envoie un.

Le potager aussi appelait des modifications. Des gens peu pratiques l'avaient laissé envahir par les fleurs, et

LE JARDINIER QU'ON AVAIT PRIS DANS LE PAYS (PAGE 32.)

les chrysanthèmes, parure éclatante de l'arrière-saison,
y croissaient au hasard, en mêlant leurs tons chatoyants.

— Que de terrain perdu ! constata la vigilante Idalie.
On arrachera tout ça. Les fleurs, c'est bon pour les par-
terres. Je ferai mettre ici des carottes et des poireaux.

Dans les arbres du parc aussi, la propriétaire s'apprêtait à intervenir. C'était bien touffu là-haut !... et
toutes ces feuilles tombées donnaient une humidité !...
On verrait à élaguer ça, et même à abattre. Ça ferait du
bois, le bois dont se chauffait M^me Laperdrix évidemment.

Et après avoir pris ces décisions, marquées de sagesse,
Idalie rentra majestueusement dans son château.

# CHAPITRE V

Les cours de l'après-midi venaient de commencer à l'école des filles.

Dans la classe d'Hélène, une fillette expliquait au tableau la théorie du plus grand commun diviseur et, dans la première salle, on entendait la voix de M<sup>elle</sup> Pernin morigénant ses élèves.

La bonne demoiselle s'était réservé la classe des toutes petites ; elle se chargeait de leur révéler les mystères de la lecture et de la calligraphie, mais cette initiation n'allait pas toujours sans difficultés.

Ce jour-là, M<sup>elle</sup> Laure Comby, la fille du garde champêtre, et qui avait eu cinq ans aux prunes, se refusait absolument à admettre que T I E fait *CIE* aussi bien que C I E.

M<sup>elle</sup> Pernin s'était juré de l'en convaincre, d'où un conflit entre les deux parties, et d'autant plus regrettable que pendant ce temps, les autres écolières, dont la maîtresse ne s'occupait plus, avaient mis les instants à profit pour quitter leurs places, tacher leurs cahiers, arracher leurs livres et se tirer les cheveux.

La petite bonne, à l'air effaré, entra tout à coup dans la classe.

— Qu'est-ce ? fit M^elle Pernin, qui aimait la correction et que cette arrivée en coup de vent avait choquée.

— Mam'zelle, c'est un m'sieur qui vous demande !

— Un Monsieur !

— Oui, un gros, avec une moustache.

Une pensée traversa, comme une flèche, l'esprit de M^elle Pernin.

— C'est un inspecteur ! se dit-elle. Mon Dieu ! Sommes-nous prêtes ?

Elle jeta un rapide coup d'œil autour d'elle et constata le désordre qui régnait dans sa classe. Il était douteux que l'inspecteur le prît pour un effet de l'art.

Un peu affolée, la vieille fille saisit son claquoir et le frappa à plusieurs reprises ; mais ceci n'atténuait en rien l'air de gâchis général répandu partout : le papier par terre, les enfants décoiffées et leurs mains sales.

Brusquement, M^elle Pernin passa dans la classe d'Hélène.

— Voilà l'inspecteur ! murmura-t-elle d'une voix troublée.

— Ah ? fit la jeune fille, Où est-il ?

— Je ne sais pas ; il n'est pas encore entré ; il doit être dans le préau.

— Mais qu'est-ce qu'il va dire ? s'écria Hélène en se précipitant. Allez bien vite au-devant de lui.

— Ma classe est tout en désordre ! avoua M^elle Pernin.

— Bon ! j'y vais, dit Hélène. Avant qu'il entre, ce sera prêt, gagnez un peu de temps.

M^elle Pernin, très inquiète, se dirigea vers le préau, où un gros monsieur, à la mine aussi vulgaire que préten-tieuse, se tenait debout en frappant impatiemment le sol de sa canne.

— Il a l'air furieux, pensa la pauvre directrice, c'est d'avoir attendu...

Elle avait toussé timidement pour entrer en matière ; mais, de son côté, le visiteur poussait un hum ! hum !

d'une voix stridente qui fit tressauter la bonne demoiselle.

Elle avait fait un grand salut.

— Madame..... commença le visiteur.

— Mademoiselle, Mademoiselle, rectifia vivement la vieille fille, comme si c'eût été un point d'une importance capitale à établir.

— Eh bien, Mademoiselle, je voudrais.....

— Oui, Monsieur l'Inspecteur, je vous demande pardon.... je vais.....

Le gros homme avait pris un air étonné que M<sup>elle</sup> Pernin ne remarqua pas. Il fit un pas en avant.

La directrice se précipita.

— Il ne faut pas qu'il entre encore, se dit-elle. Hélène ne doit pas avoir fini.

— J'espère que vous avez fait un bon voyage, reprit-elle.

Le visiteur parut surpris de cette sollicitude.

— Pas mauvais, fit-il.

— Allons! tant mieux! tant mieux! déclara M<sup>elle</sup> Pernin, qui sentait sa tête s'en aller.

Elle continuait à se tenir devant la porte, faisant comme un rempart de son corps à sa classe, dans laquelle elle entendait Hélène gronder les élèves et remuer les bancs.

Mais le gros homme avait repris de sa voix ronflante :

— Voyons, Mademoiselle.....

— Oui, oui, nous entrons, dit la directrice, qui ne se sentait plus la force de soutenir une telle conversation.

Avec un sourire navrant à voir, elle avait enfin ouvert la porte.

— Entrez, Monsieur l'Inspecteur, dit-elle d'une voix qui se figeait.

L'autre protestait toujours.

— Mais, Mademoiselle, je vous dis... je vous dis.....

Un coup de claquoir interrompit le gros monsieur; au

signal d'Hélène, les écolières s'étaient mises debout et saluaient l'Inspecteur.

. . . . . . . . . . . . . . . . . . . . . . . . . . . . . . . . .

Un beau matin, quelques quinze jours après leur arrivée aux Glaïeuls, M^me Laperdrix s'était avisée qu'il était temps de faire reprendre, à ses héritiers, leurs études interrompues par le voyage et l'installation.

On sait déjà que la progéniture des ex-marchands de macaroni comportait trois enfants : deux filles et un garçon.

M^me Laperdrix avait donné à ses filles les noms de Gaëtane et de Roberte, tandis que son fils portait, tout comme un preux, celui de Roland.

C'étaient d'assez désagréables personnages que les jeunes Laperdrix.

Gaëtane, qui avait treize ans, était sans cesse en colère ; Roberte, qui en avait onze, pleurait toujours ; quant à Roland, d'une année plus jeune, il avait emprunté à chacune de ses sœurs quelques traits de caractère et mêlait aux emportements de l'aînée les pleurnicheries de la cadette.

Avec ça, tous trois avaient d'eux-mêmes l'idée la plus avantageuse et la même horreur du travail.

Mais M^me Laperdrix avait jugé qu'il fallait se remettre aux études.

Le pays n'offrait pas grande ressource. Il n'y avait que l'école primaire, et ces demoiselles qui avaient fréquenté, à Paris, un cours aristocratique, ne pouvaient songer à y aller.

Fallait-il donc les mettre pensionnaires à Laval, chez M^elle Plumenbouche, qui avait chez elle toutes les notabilités de la région ?

Les Laperdrix y avait pensé ; mais Gaëtane et Roberte avaient poussé des cris d'orfraie à l'idée de la pleine pension.

LE MAÇON ET SON AIDE SE TENAIENT DEVANT UNE OUVERTURE BÉANTE (P. 52)

— Elles mourraient de chagrin, avaient-elles déclaré, ou bien elles se sauveraient.

L'un ou l'autre de ces moyens violents répugnait aux parents. On abandonna le projet Plumenbouche.

— Il faudrait une institutrice à la maison, déclara M. Laperdrix.

Sa femme protesta. Plus souvent qu'elle mettrait chez elle une étrangère devant laquelle il faudrait se gêner. Et puis, il allait bien Joséphin ! Il n'avait donc pas réfléchi à ce que ça coûtait, une institutrice à demeure.

Sous les reproches d'Idalie, son époux baissait le nez. Il n'était arrogant qu'en dehors de son ménage et M$^{me}$ Laperdrix avait devancé la. mode de la jupe-pantalon pour porter la culotte dans son intérieur.

— Ce qu'il faudrait, reprit M$^{me}$ Laperdrix avec le ton de supériorité qui lui était familier, c'est une maitresse qui leur donne une leçon ici tous les jours. A l'école, il doit bien y avoir une institutrice qui pourrait venir après sa classe. Elle serait bien contente, en somme, de gagner de l'argent en plus. Elle s'occuperait aussi de Roland, en attendant qu'on le mette au Lycée, l'année prochaine.

M$^{me}$ Laperdrix avait baissé la voix pour dire ces derniers mots. Roland professait pour le collège les mêmes sentiments que ses sœurs pour le pensionnat. La moindre allusion déchaînait chez lui une colère terrible.

— Tu iras à l'école cet après-midi, continua Idalie, tu verras s'il y a quelque chose à faire ; je m'entendrai après.

Joséphin essaya de protester. Il n'aimait pas, en principe, à faire les commissions d'Idalie, difficile à contenter.

— Mais, fifille (il avait gardé à sa femme cette appellation des premières années de leur union), si tu y allais toi-même...

M$^{me}$ Laperdrix jeta sur son mari un regard fulminant, puis elle prit amèrement le ciel à témoin que jamais sa famille ne la comprendrait. Lui proposer d'aller au bourg quand elle avait tant à faire chez elle! De qui se moquait-on?

Effrayé de l'indignation qu'il avait déchaînée, M. Laperdrix se hâta de dire qu'il irait à l'école l'après-midi même, et voilà comment, quelques heures plus tard, il bouleversait, en se présentant, M<sup>elle</sup> Pernin qui le prenait pour l'Inspecteur primaire.

Ce ne fut qu'au bout d'un certain temps qu'on s'aperçut de l'erreur, car M. Laperdrix, en s'étonnant un peu du titre qu'on lui donnait, crut d'abord que la directrice voulait lui offrir une répétition des leçons qu'on donnerait à ses enfants, et il admira consciencieusement les cahiers qu'on lui fit voir, les notes qu'on lui exhiba, les programmes qu'on lui soumit.

Il se troubla un peu, toutefois, quand Hélène lui proposa d'interroger ses élèves et affirma que c'était inutile. Les deux institutrices, le jugeant suffisamment édifié, s'inclinèrent, mais, sur une question de métier posée par M<sup>elle</sup> Lefebvre, on finit par s'apercevoir du quiproquo.

M. Laperdrix déclina tout droit à l'inspection et M<sup>elle</sup> Pernin se confondit en excuses.

Des fillettes chuchottaient :

— Nous l' savions bien que ce n'était pas un inspecteur, nous le connaissons, c'est le monsieur qui a acheté les Glaïeuls.

Mais elles n'avaient pas osé transmettre le renseignement.

Enfin, on parvint à s'entendre.

M. Laperdrix exprima son désir d'avoir un professeur pour ses enfants.

— Si Hélène voulait, se dit M<sup>elle</sup> Pernin, ça ferait bien son affaire.

— Moi, je suis trop âgée, dit-elle à Joséphin, j'ai bien assez de ma classe à faire.

M. Laperdrix paraissait de cet avis-là également.

Hélène lui sembla plus propre à la tâche qu'on demandait d'elle. Il la pria de venir voir sa femme le plus tôt possible. Il parlait sur un ton de commandement si comique que la jeune fille ne se sentit pas froissée, mais amusée.

— J'irai demain à quatre heures, dit-elle.

— Demain seulement! pourquoi pas aujourd'hui?

— Parce que je ne peux pas, fit carrément la jeune institutrice. Si M^{me} Laperdrix est pressée, qu'elle prenne la peine de venir me parler ici; quant à moi, je ne serai libre que demain!

— Ah! mais, elle n'est pas très aimable cette jeune personne, se dit Joséphin, elle le prend sur un ton!

Mais il n'insista pas, car il se sentait un peu déconcerté par l'air d'Hélène.

— Bah! pensa-t-il, Idalie s'en arrangera, ma foi tant pis.

Et, cambrant fièrement le mollet, le pseudo-inspecteur prit congé des deux institutrices.

# CHAPITRE VI

Ce n'était pas tous les jours un plaisir que d'éduquer les jeunes Laperdrix, et Hélène, si elle n'avait pas eu sa gaîté courageuse et sa dignité ferme, aurait eu plus d'une fois à souffrir de l'arrogance des parents et du mauvais vouloir de ses élèves.

Mais la jeune institutrice ne s'était pas laissé déconcerter et, avec quelques paroles très correctes, mais très catégoriques, elle avait montré à la tribu des Laperdrix que leurs grands airs ne prendraient pas avec elle.

Elle possédait, à un degré exceptionnel, le don de l'enseignement et elle était parvenue à s'intéresser quand même à ses récalcitrantes élèves, à Roberte surtout, qui lui paraissait plus intelligente et plus sensible.

— D'elle, j'arriverai peut-être à faire quelque chose, confiait-elle à M<sup>elle</sup> Pernin; de Gaëtane, ce sera plus difficile; mais enfin, il ne faut jamais désespérer.

Quant à Roland, c'était bien le plus fantasque écolier qu'on eût jamais vu. Il n'ouvrait jamais un livre ni un cahier en dehors de sa leçon,

Et s'il posait son front sur sa main, M<sup>me</sup> Laperdrix en concluait qu'il avait mal à la tête et l'envoyait se reposer.

Malgré cela, la mère s'étonnait beaucoup que son fils ne fut pas plus avancé.

Un jour, en arrivant aux Glaïeuls pour donner sa leçon, M^elle Lefebvre trouva la châtelaine fort mécontente.

La veille, ils avaient eu à dîner un ami, ancien confrère de M. Laperdrix, dans le commerce des pâtes, qui s'occupait maintenant de politique et par conséquent était très fort.

Il avait, au cours du dîner, interrogé les enfants et avait été surpris de leur ignorance. Gaëtane n'avait pu lui dire ce que c'était que la R. P. et Roberte ne savait pas combien la France envoie de représentants à la Chambre ! Que leur apprenait donc leur institutrice !

M^me Laperdrix, après se l'être demandé à elle-même, le demandait maintenant à Hélène.

Celle-ci n'avait pu s'empêcher de sourire. Elle aurait volontiers répondu à M^me Laperdrix que le mal n'aurait pas été grand si ses filles n'avaient ignoré que ces questions de politique, mais elles étaient d'une bien autre ignorance, et pour les choses les plus essentielles !

Hélène répéta à la châtelaine ce qu'elle lui avait déjà dit :

— Les enfants ne travaillent pas assez en dehors des leçons ; je ne puis, en une heure, suppléer au travail personnel qui manque absolument.

M^me Laperdrix, pour une fois, et sous le coup de son froissement d'amour-propre de la veille, donna tort à ses filles et les traita de paresseuses et de bonnes à rien.

— C'est pas amusant de travailler tout seul, na ! fit Gaëtane pour se défendre. On n'a pas de goût. Je travaillerais mieux si j'avais des camarades.

— Tu as ta sœur.

— Elle m'embête, riposta Gaëtane, qui n'avait pas toujours des formes affinées d'urbanité, et puis, elle ne fait pas les mêmes devoirs que moi... Je voudrais aller en classe.

UN SAMEDI, ELLES SE TROUVAIENT SUR LA PLACE DE LA MAIRIE (PAGE 57).

La mère se récria :

— Tu ne peux pas aller à l'école où on ne paye pas !

C'était bien, de la part de M<sup>me</sup> Laperdrix, de ne pas vouloir imposer au gouvernement la charge de l'instruction de ses filles !...

M<sup>elle</sup> Lefebvre réfléchissait.

— Mon Dieu ! dit-elle enfin, je gronde souvent Gaëtane pour sa paresse et sa mauvaise volonté, mais en la circonstance, je reconnais qu'elle a raison. On travaille mieux quand on a de l'émulation ; elle et sa sœur y gagneraient certainement.

— Mais comment faire ?

— J'ai une idée qui satisferait tout le monde, si elle réussissait. J'ai plusieurs élèves qui seraient désireuses de continuer leurs études, même quand elles auront fini leur année de cours complémentaire ; je pourrais peut-être les réunir à vos filles dans une sorte de petite classe ?

M<sup>me</sup> Laperdrix avait pris son grand air.

— Mais sont-ce là des enfants que mes « demoiselles » puissent fréquenter ? demanda-t-elle.

— Vos filles auront tout à gagner de la compagnie de mes élèves, fut sur le point de répondre Hélène qui se contenta d'affirmer :

— Ce sont toutes trois des fillettes bien élevées et de bonne tenue.

L'idée, une fois admise par M<sup>me</sup> Laperdrix, elle aurait voulu que les choses marchassent très vite, mais Hélène déclara que le cours ne pouvait s'organiser avant la rentrée de Pâques, en mars. On était alors au mois de février.

L'hiver avait été pluvieux et humide. M<sup>me</sup> Laperdrix avait renoncé momentanément à ses idées de transformation du parc et d'aménagements de toutes sortes.

Au printemps, elle reprit ses projets et reparla de faire abattre le pavillon.

Ce dernier ne se composait que de deux grandes pièces et d'un cabinet noir, le tout démeublé et aux murs branlants. Il suffisait de quelques coups de pioche pour le mettre par terre.

Avec les matériaux, Idalie se proposait de faire construire des cabanes à lapins.

Un jour, Roland, qui surveillait avec intérêt les travaux des maçons, accourut vers sa mère et ses sœurs.

— On a découvert un trou sous le plancher du cabinet, s'exclama-t-il, il y a un escalier.

— Est-ce la peine de crier ainsi? fit Gaëtane, c'est une cave probablement.

— Pas du tout, Mademoiselle! L'escalier va très loin, très loin et après il y a un grand couloir.

M^me Laperdrix avait dressé l'oreille.

— Comment un couloir? Et pour aller où?...

— On ne sait pas! Le maçon n'a pas été jusqu'au bout.

Idalie aimait à se rendre compte des choses par elle-même.

— Je vais voir, dit-elle.

— Nous aussi, firent en chœur Gaëtane et Roberte.

Mais M^elle Lefebvre apparaissait dans la porte.

— Ah! mais, n'oubliez pas que c'est l'heure de la leçon, dit M^me Laperdrix qui, depuis quelque temps se piquait de sévérité pour les études de ses filles.

— Moi, j' veux aller voir l'escalier! pleurnicha Roberte.

— Moi aussi, déclara Gaëtane. Elle avait l'air si déterminé que sa mère jugea, avec assez de raison, qu'une discussion avec elle serait presque aussi longue que la course au pavillon.

Mieux valait céder. Avec un sourire presque aimable, elle avait offert aussi à M^elle Lefebvre de les accompagner et, chemin faisant, lui conta de quoi il s'agissait.

Au pavillon, le maçon et son aide se tenaient devant

une ouverture béante qui laissait voir les premières marches d'un escalier tournant en excellent état.

— Vous pouvez descendre, Madame et Mesdemoiselles, fit l'ouvrier, y a pas de danger, les marches sont bonnes.

Il se tourna vers Roland.

— Avez-vous apporté de la lumière ? demanda-t-il.

Le garçonnet lui tendit des bougies et une lanterne qu'il avait demandées au château.

— Comme il fait noir là-dedans ! s'écria Roberte, qui s'était un peu avancée.

— J'allume, attendez, Mam'zelle, et pis je passerai en avant. Faites excuse, Madame et la compagnie.

Le père Maclou avait pris la tête. Ils descendirent tous à la queue leu leu.

L'escalier comptait une centaine de marches et paraissait s'enfoncer profondément sous la terre.

— Oh ! mais j'ai peur, où est-ce qu'on s'en va ? fit tout à coup Roland, se montrant peu soucieux de maintenir l'honneur du nom qu'il portait.

— Poltron ! fit Gaëtane.

On débouchait maintenant dans une galerie large de un mètre cinquante environ et dont les murs en pierres énormes étaient en parfait état de conservation.

On avançait avec curiosité.

— Comme c'est long ! remarqua Roberte qui se serrait contre sa mère.

On avait déjà fait plusieurs centaines de mètres, en effet.

— Tiens ! qu'est-ce que c'est que ça ? fit tout à coup M<sup>me</sup> Laperdrix.

Elle tenait une des bougies et son œil perçant avait, à la lueur qu'elle projetait en avant, découvert sur le mur une petite croix de fer et une date : « 1429 ».

Le petit groupe s'était arrêté.

— Eh ben ! eh ben ! répétait le maçon qui ne trouvait pas d'autre façon d'exprimer sa manière de voir.

— C'est très intéressant, fit Hélène.

— Pourquoi que c'est là? demanda Roland.

— C'est peut-être parce qu'on a tué quelqu'un là, autrefois, dit l'aide du maçon, un apprenti d'une quinzaine d'années qui lisait tous les romans-feuilletons des journaux locaux.

Cette idée macabre avait causé une certaine émotion parmi les explorateurs, et Roberte se serrait de plus en plus contre sa mère. Quand à Roland, il pleurait presque.

— Retournons, dit-il.

On fit cependant encore quelques pas en avant, mais l'entrain était tombé.

D'ailleurs, à quelques mètres plus loin, la galerie tournait et était fermée par un mur en briques dont la couleur rouge foncé, encore vivace, tranchait sur les murailles blanches des parois.

— Ah! c'est fini! dit Hélène sur un ton de léger regret.

La jeune fille trouvait l'aventure amusante.

On fit volte-face. En repassant devant l'endroit marqué d'une croix, Roland avait marché plus vite.

— C'est rudement bien conservé, disait l'apprenti maçon; pourtant ça doit être vieux.

— Allons! rentrons vite à la maison, fit M<sup>me</sup> Laperdrix qui ne perdait jamais longtemps de vue ses intérêts, l'heure de la leçon passe pendant ce temps-là.

# CHAPITRE VII

Il ne se passait guère maintenant de jeudi ou de dimanche sans qu'Hélène ne vînt voir M^me Malorey.

La jeune fille s'était vite prise d'affection pour la vieille femme et se plaisait à sa conversation pleine de saveur et de bon sens.

Gilberte était l'une des fillettes auxquelles Hélène avait pensé pour les réunir avec les petites Laperdrix en une classe commune.

M^me Malorey comptait faire de sa petite-fille une institutrice. Son petit commerce de lingerie ne marchait pas suffisamment pour qu'elle songeât à le laisser un jour à l'enfant, en admettant qu'elle vécût assez pour le conserver jusque-là.

D'ailleurs, les goûts de Gilberte la portaient vers l'étude. A onze ans, elle avait déjà obtenu un diplôme à un concours départemental et une médaille d'or pour son certificat d'études.

Aussi, la grand'mère et la petite-fille avaient-elles accueilli avec une grande joie la proposition que fit Hélène à Gilberte, de suivre un cours supplémentaire après la classe.

— J'espère ainsi obtenir de l'émulation entre les

enfants, expliqua M^elle Lefebvre. J'ai l'intention de prendre aussi Jeanne Valois et Marie-Louise Laurent, qui travailleront avec Roberte. Peut-être arriverons-nous ainsi à un résultat.

La première séance du petit cours eut lieu à la rentrée de Pâques.

M^me Laperdrix avait d'abord exigé que les leçons fussent prises chez elle; mais il était difficile aux autres fillettes de monter aux Glaïeuls après la classe. Le château était assez loin du pays et c'eût été une perte de temps. En outre, M^me Idalie avait ensuite réfléchi que cela l'encombrerait d'avoir tous les jours ces petites dans sa maison, et de plus, la course au bourg ferait du bien à ses filles.

Mais Hélène ne pouvait non plus installer ses élèves dans sa classe, réservée aux enfants de l'école qui restaient à l'étude.

On prit donc un moyen terme. Les fillettes se réuniraient chez la petite Marie-Louise Laurent, dont le père était percepteur, et qui avait une grande salle à mettre à la disposition de la jeune institutrice.

Au début, Gaëtane et Roberte avaient montré une grande ardeur.

Il avait cependant fallu constater qu'elles étaient loin, bien que plus âgées, d'être de force avec leurs petites compagnes. Ce n'était qu'au prix d'un grand effort qu'elles se maintiendraient à la hauteur.

— Mais cet effort, vous pouvez le faire et j'y compte, avait dit M^elle Lefebvre.

Gaëtane, si elle était nulle en orthographe, avait quelques dispositions pour les sciences et le calcul. Sur ce terrain, elle pouvait battre Gilberte, plus portée vers la partie littéraire.

Quant à Roberte, elle avait une mémoire remarquable et aurait facilement dépassé ses deux condisciples, Jeanne Valois et Marie-Louise Laurent, si elle se fût donné la peine d'ouvrir ses livres, mais, le premier moment d'enthousiasme passé, elle était retombée dans son apathie.

Gaëtane n'avait pas tardé à voir d'un mauvais œil les bonnes places remportées par Gilberte. Volontiers, eut-elle accusé M<sup>elle</sup> Lefebvre d'injustice, mais celle-ci ne semblait pas s'apercevoir des mauvaises pensées de son élève.

La jalousie de Gaëtane allait cependant toujours croissant contre sa petite compagne.

M<sup>elle</sup> Lefebvre faisait souvent faire aux écolières des compositions pour stimuler leur ardeur; mais Gilberte, ayant été première en calcul, se trouva en butte aux récriminations de l'aînée des Laperdrix.

— Son problème était faux, répétait Gaëtane, elle a copié sur moi.

Hélène, qui connaissait la nature délicate et droite de Gilberte, avait sévèrement réprimandé Gaëtane de ses méchants propos, ce qui avait augmenté la rage de la fillette.

— Elle me le paiera, cette Gilberte! pensait-elle.

La petite Malorey, elle, avec son gentil caractère, ne gardait pas rancune à sa compagne :

— Au fond, elle n'est pas méchante, disait-elle à M<sup>elle</sup> Lefebvre.

La jeune institutrice s'attachait, de jour en jour, davantage à Gilberte.

Tous les soirs, en sortant de la leçon chez les Laurent, Hélène et sa petite élève, qui allaient dans la même direction, faisaient route ensemble.

Un samedi, elles se trouvaient sur la place de la Mairie, quand un bruit de grelot de bicyclette les fit se retourner brusquement.

Un cycliste débouchait à toute vitesse de la Grande-Rue; il y eut un bruit de chute, puis des cris. Une dame d'un certain âge, qui passait en ce moment, avait été renversée par le coureur qui ne daigna même pas s'arrêter et continua sa course après avoir repris son équilibre sur sa machine.

Hélène et Gilberte s'étaient précipitées vers la vieille dame dans laquelle elles reconnurent M<sup>me</sup> Dugast.

Hélène avait eu un tressaillement en aidant la blessée à se relever. Elle lui offrit de la conduire chez le pharmacien. M<sup>me</sup> Dugast, qui saignait abondamment du nez, accepta. Gilberte suivait avec l'ombrelle et un paquet qu'elle avait ramassés par terre.

La vieille dame, heureusement, n'avait été que fort légèrement atteinte. Quelques écorchures au visage et une ecchymose au genou, mais elle éprouvait, néanmoins, une certaine gêne à marcher et se trouvait fort embarrassée pour regagner son logis assez éloigné du centre du bourg. Or, les voitures étaient rares à Lanville, et on n'aurait guère trop su où aller en quérir une... M<sup>me</sup> Dugast semblait fort tourmentée.

— Si mon mari était là, dit-elle, je pourrais marcher, il me soutiendrait.

Le pharmacien s'excusait de ne pouvoir offrir son aide à la blessée ; mais il était seul dans son officine et ne devait pas s'absenter.

Après une hésitation, Hélène s'était proposée.

— Si vous voulez, Madame, je vous donnerai le bras pour rentrer chez vous. Pourrez-vous marcher en vous appuyant ?

Oui. M<sup>me</sup> Dugast, pourvu qu'elle eut un soutien, marcherait assez facilement.

Elle remercia la jeune fille de son amabilité et s'excusa du dérangement qu'elle allait lui causer.

— Oh! c'est peu de chose, Madame, fit Hélène, coupant court à ces effusions.

L'une soutenant l'autre, elles s'étaient mises en marche vers la demeure des Dugast.

— Je vais avec vous, Mademoiselle? avait demandé Gilberte.

Et vivement, la jeune institutrice avait dit oui, au grand contentement de la fillette qui n'était pas fâchée d'entrer dans la maison des Dugast, toujours fermée et où personne ne pénétrait jamais. Mais la curiosité de l'enfant fut déçue.

En arrivant au logis de la blessée, M<sup>elle</sup> Lefebvre avait refusé d'entrer.

M. Dugast était venu sur le seuil, attiré par le bruit de la voix de sa femme. Celle-ci le mit au courant de l'accident. Vainement joignit-il ses instances aux siennes pour prier Hélène d'entrer avec eux.

C'était la première fois qu'il avait l'occasion de revoir la jeune fille depuis la soirée d'hiver où, quelque six mois auparavant, ils avaient voyagé ensemble dans la diligence de M<sup>me</sup> Chopart. Il la reconnut cependant ; mais Hélène, brusquement, avait pris congé en alléguant l'heure tardive et l'inquiétude où serait la grand'mère de Gilberte.

Elles redescendirent vivement toutes deux vers le bourg. Gilberte bavardait gaîment, s'étonnant de l'amabilité qu'avaient montrée les Dugast.

— Mademoiselle, il faut que vous leur plaisiez joliment ; d'habitude, on dirait des portes de prison, si froids et pas accueillants du tout.

Hélène n'écoutait que distraitement le babil de sa petite élève. Elle songeait aux deux vieillards qu'elle venait de quitter et combien elle les eût étonnés en leur révélant le lien qui l'unissait à eux ; et elle pensait que le hasard fait quelquefois singulièrement les choses. Puis brusquement elle se tourna vers Gilberte.

— Pourvu que M<sup>me</sup> Malorey ne s'inquiète pas, dit-elle, marchons plus vite.

Les Dugast n'habitaient Lanville que depuis vingt ans. Ils demeuraient auparavant à Paris, où M. Dugast avait été comptable dans la même maison de commerce pendant de longues années. Ils n'avaient jamais eu d'enfants : mais une nièce, qu'ils avaient élevée, leur tenait lieu de fille. Ils pensaient ne jamais s'en séparer ; les événements en avaient décidé autrement.

La jeune fille et ses parents adoptifs s'étaient brouillés à propos d'un mariage que Jeanne avait contracté contre le consentement de ses tuteurs ; non que son fiancé fut déméritant, mais parce qu'il était professeur de violon et que M. Dugast n'admettait pas qu'on pût être autre chose que comptable ou caissier.

La jeune femme avait perdu son mari après six ans de ménage. Il lui laissait une petite fille : c'était Hélène.

A ce moment, M. et M^{me} Dugast, apprenant le malheur qui avait frappé leur nièce, lui avaient fait offrir de la reprendre auprès d'eux ; mais la jeune veuve n'avait pas voulu pardonner à son oncle l'opposition faite à son mariage et les propos tenus sur son mari. Elle était restée à l'écart avec sa fille.

Pour l'enfant aussi, le vieux couple avait fait des propositions ; ils auraient volontiers payé son entretien et sa pension.

La mère avait encore refusé. Elle gagnait sa vie en donnant des leçons de piano et subvenait fort bien aux besoins de sa fille.

Quand elle mourut, Hélène avait quinze ans. Elle l'avait confiée à une cousine de son mari qui recueillit chez elle l'orpheline et lui fit terminer ses études.

Cette parente, toutefois, aurait souhaité qu'un rapprochement s'opérât entre Hélène et son grand-oncle ; elle en augurait du bien pour la jeune fille, mais celle-ci, imbue des idées de sa mère, se refusait absolument à voir l'homme qui avait méprisé si injustement son père.

Et quand le hasard l'avait fait venir comme institutrice à ce bourg de Lanville, où les Dugast, attristés et aigris, étaient venus abriter leur vieillesse solitaire, elle s'était bien promis de ne pas se faire connaître.

# CHAPITRE VIII

Le bruit qu'on avait découvert un souterrain dans le parc des Laperdrix avait transpiré dans le pays, et les langues allaient leur train.

L'apprenti du père Maclou avait surtout beaucoup parlé de la croix marquée sur le mur, en commentant le fait à sa manière, et le moment n'était pas éloigné où les Lanvillois croiraient qu'un monceau de cadavres avaient été exhumés du souterrain des Glaïeuls.

Les propriétaires n'étaient pas au courant de tous ces propos, mais M<sup>me</sup> Laperdrix n'en avait pas moins trouvé mauvaise l'existence de la galerie.

— Il faudra boucher celà, dit-elle à son mari, des malfaiteurs pourraient s'y introduire.

Ce danger paraissait assez peu à craindre ; l'escalier était fort loin de la maison et des voleurs n'auraient pas eu grand profit à s'y cacher. Ce n'était guère que quelques chemineaux ou des mendiants qui auraient pu chercher à s'y abriter, pour ne pas passer la nuit à la belle étoile.

Néanmoins, Maclou avait reçu des ordres pour boucher l'orifice de l'escalier avant qu'on installât le kiosque rustique sur l'emplacement du pavillon.

Un après-midi, M. Laperdrix somnolait après son déjeuner, sur un fauteuil balançoire de la véranda, assez mauvaise habitude qu'Idalie combattait au moyen de bruits variés : claquements de portes, conversations sur un ton aigu, bousculades de meubles au besoin ; mais, malgré tout ce vacarme, elle parvenait rarement à troubler la sieste de son époux, après chaque repas.

Ce jour-là, la femme de chambre, en entrant brusquement dans la véranda, avait réveillé tout d'un coup Joséphin.

— On demande Monsieur, dit-elle.

— Qui ça ?

— Un monsieur qui a l'air drôle et que je ne connais pas.

Si c'eût été à Mme Laperdrix que Rosalie eût fait ce commentaire sur le visiteur, elle se fût certainement fait réprimander.

M. Laperdrix, moins à cheval sur l'étiquette, ne releva pas le propos.

— Il ne vous a pas dit qui il était ? demanda-t-il.

— Non, M'sieur !

— Où est-il ?

— Dans le vestibule, en bas.

— C'est bon ! Faites-le entrer au salon, je vais le recevoir, dit M. Laperdrix, quittant à regret son fauteuil.

Il rajusta sa cravate, rattacha ses bretelles et assujettit son binocle sur son nez ; puis en toussant pour s'éclaircir la voix, il descendit.

Dans le salon, se tenait un long personnage sec et maigre, étriqué encore par une redingote boutonnée, serrée sur sa poitrine étroite. Il portait à la main un chapeau haut de forme d'une longueur inusitée. En voyant entrer M. Laperdrix, il s'était précipité au-devant de lui en s'inclinant.

— Je vous demande pardon, Monsieur, dit-il, de la

liberté que j'ai prise de vous déranger, mais c'était au nom de la Science et j'ai pensé que cette raison ouvre toutes les portes.

Joséphin n'avait pas très bien compris ce que lui disait son visiteur ; il s'apprêtait néanmoins à lui répondre quelque chose de vague quand il se vit couper la parole par M^me son épouse qui venait d'entrer sans qu'il s'en aperçût et qui avait entendu les derniers mots de l'inconnu.

— Monsieur désire ? demanda-t-elle.

C'était une formule qui lui était restée du temps où, dans la boutique de la rue Saint-Martin, elle s'ingéniait à placer le plus de produits possible aux clients bénévoles.

Le visiteur s'était de nouveau incliné plus profondément cette fois, puisqu'il s'agissait d'une dame. Il sortit une carte de sa poche.

— Permettez que je me présente moi-même, dit-il, et.....

M^me Laperdrix l'interrompit. Elle le prenait pour un représentant en vins.

— Nous n'avons besoin de rien, déclara-t-elle, notre cave est garnie.

Son interlocuteur avait pris un air étonné.

— Mais, Madame, murmura-t-il, je ne sais pas pourquoi...

De nouveau, il tendait le bristol à M^me Laperdrix qui se décida enfin à le prendre. Elle y jeta les yeux et eut un sursaut.

La carte portait :

### ADOLPHE LACOPETTE

MAGISTRAT

Un magistrat chez elle !

M^me Laperdrix, qui se croyait pourtant en règle avec

la justice de son pays, se sentit fort mal à l'aise de cette visite.

— Mais, Monsieur, protesta-t-elle à son tour, je me demande...

— Comment, Madame, vous ne devinez pas pourquoi je viens? s'écria M. Lacopette.

M^me Laperdrix ne se sentait pas la moindre étoffe pour faire un sphinx; elle avoua qu'elle ne soupçonnait pas le but de la visite de M. Lacopette.

— Moi non plus, ajouta Joséphin.

C'était la première fois qu'il pouvait placer un mot depuis qu'il était entré dans le salon.

— Mais, Madame, reprit le magistrat qui avait compris que c'était avec la femme et non avec le mari qu'il fallait compter, je viens pour le souterrain.

M^me Laperdrix avait jeté un cri.

— Pour le souterrain, répéta-t-elle; mais, Monsieur, nous n'y sommes pour rien; on a découvert cet escalier dans notre parc, ce n'est pas notre faute. C'est vraiment désagréable !

Et se tournant vers son mari :

— Tu vois, lui dit-elle, si tu t'étais occupé de faire boucher ce trou, nous n'aurions pas tous ces ennuis.

M. Lacopette regardait M^me Laperdrix avec stupéfaction.

— Comment, des ennuis! dit-il. Qui songe à vous ennuyer? Madame !

— Dame ! reprit Idalie, trouvez-vous pas que c'est bien agréable d'avoir ainsi à se débattre avec la justice.

— Avec la justice ! reprit le visiteur de plus en plus abasourdi, qu'est-ce que la justice vient faire là-dedans?

— Eh ben! vous êtes juge, cependant.

Lacopette éleva ses deux bras au ciel.

— Mais, Madame, le magistrat n'a rien à voir chez vous. Vous n'avez donc pas lu mes autres titres?

DANS LE SALON, SE TENAIT UN PERSONNAGE SEC ET MAIGRE (PAGE 62).

Il avait repris sa carte et la mettait sous les yeux de M<sup>me</sup> Laperdrix en soulignant avec son index les lignes suivantes :

MEMBRE DE L'ACADÉMIE DE L'EURE

CORRESPONDANT DE LA SOCIÉTÉ D'ART LOCAL ET POPULAIRE

Suivaient beaucoup d'*et cœtera*.

— C'est l'archéologue qui se présente à vous, Madame, pour vous exprimer tout l'intérêt qu'a suscité, dans le monde des Belles-Lettres et des Sciences, la découverte de votre maçon. Je dois même vous dire que tous mes collègues de la Société des Monuments et Sites comptent vous demander de les admettre à visiter cette galerie d'un intérêt si éminemment historique.

M. Laperdrix avait dressé l'oreille. Les paroles de M. Lacopette avaient éveillé un souvenir dans son esprit. Il ne se hasarda toutefois à parler qu'en passant par l'intermédiaire de sa femme.

— Dis donc, fifille ? Te rappelles-tu ? Le vieux jardinier qui nous a fait visiter le pavillon la première fois, nous a dit qu'un roi anglais avait couché là autrefois. Ça a peut-être du rapport avec le souterrain ?

Lacopette avait bondi.

— Un roi anglais ! non ! vous vous trompez.

— Sûrement qu'il se trompe, intervint M<sup>me</sup> Laperdrix très mécontente.

Elle eut un mouvement des épaules qui indiquait le peu de cas qu'il fallait faire des paroles de son mari.

Mais Lacopette avait mis son index sur son front, moyen bien connu pour faire jaillir la pensée du cerveau.

— Non, reprit-il, ce n'était pas un roi, mais bien un comte.

Cependant Idalie, qui ne parvenait plus à cacher son impatience, interrompit de nouveau M. Lacopette. Depuis qu'elle ne voyait plus en lui le magistrat chargé d'informer pour la justice, elle avait repris son assurance.

— Enfin, Monsieur ! lui demanda-t-elle, qu'est-ce que tout ça peut bien vous faire ?

— Comment ! se récria Lacopette, suffoqué. On découvre chez vous un monument historique du plus haut intérêt et vous voulez que nous autres, savants et érudits, nous y restions indifférents ! C'est inadmissible !

Ce qui était surtout inadmissible pour M^me Laperdrix, c'était qu'on pénétrât ainsi chez elle, sous quelque prétexte que ce soit, fût-il historique ou non.

Cependant M. Lacopette, imperturbable, continuait :

— Nous sommes à peu près sûrement sur l'emplacement du château occupé autrefois par le comte de Warwick. Il l'avait fortifié et essaya de s'y maintenir pendant quelque temps, mais il dut évacuer la place à l'approche des Français, vous savez ?

Certainement non, les Laperdrix ne savaient pas. Ils ingnoraient même jusqu'à l'existence du comte précité.

Mais Lacopette ne s'arrêtait pas au silence de ses interlocuteurs. Il s'était levé d'un bond et demandait :

— Voulez-vous que nous allions le visiter tout de suite ? Je me rendrai mieux compte.

C'était complet ! Allait-il pas falloir, maintenant, servir de guide à tous ceux qui viendraient au château pour voir le souterrain ?

M^me Laperdrix chargea d'une même malédiction le comte de Warwick, Lacopette et l'innocent Joséphin, auquel elle se promettait de reprocher durement l'acquisition d'une propriété qui lui valait tant de désagréments.

Mais le magistrat-archéologue avait déjà saisi le bras de M. Laperdrix tout à fait interloqué.

— Je me réjouis tant de cette visite ! C'est un régal de roi pour nous autres, chercheurs, qu'une semblable découverte.

M^me Laperdrix avait pourtant une furieuse envie de priver son visiteur de ce plaisir si précieux, quand la porte du salon s'ouvrit devant ses filles.

Le protocole n'était pas sévère aux Glaïeuls, et les enfants n'attendaient pas qu'on les appelât pour se présenter, même quand il y avait du monde.

Renseignés par la femme de chambre qui aimait à se rendre compte de tout, même derrière les portes, Gaëtane et Roberte savaient qu'il y avait là un visiteur qui venait pour le souterrain. Les fillettes s'étaient dit qu'elles seraient volontiers de la promenade; c'était toujours ça de gagné sur les heures d'études. Elles étaient accompagnées de Jeanne Valois, venue pour travailler avec Roberte, et qui n'était pas fâchée de voir cette galerie dont tout le monde parlait.

Les enfants, par leur intervention imprévue, avaient apporté à M. Lacopette un renfort inattendu.

— Mariette, apprête les lanternes, dirent-elles; on va pouvoir partir.

# CHAPITRE IX

La petite troupe se mit en marche.

Dans le jardin, on avait recruté Roland et le fils du jardinier, âgé de quinze ans, qui s'offrit à aider la femme de chambre à porter les lanternes.

On était presque une dizaine quand on arriva à l'escalier où le père Maclou, le maçon, avait déjà accumulé les moëlons dont il devait combler l'entrée.

Devant ce commencement d'exécution, M. Lacopette avait poussé les hauts cris.

Boucher le souterrain ! Les Laperdrix n'y songeaient pas ! Ils n'en avaient, du reste, pas le droit, la Société des Monuments et Sites, celle d'Archéologie et d'autres interviendraient pour faire classer la galerie.

Le magistrat développait toutes sortes de considérations, tandis que le rouge de la colère montait, de plus en plus foncé, sur les joues de M<sup>me</sup> Laperdrix.

Et de nouveau, elle se promit de féliciter son époux sur son emplette. Un charmant château où l'on n'était pas maître chez soi !

On avait pénétré dans l'escalier, puis dans la galerie.

Gaëtane, qui ne paraissait pas avoir pour le souterrain les mêmes sentiments que sa mère, avait attiré l'attention du savant sur la croix et la date marquées sur le mur.

Lacopette s'était exclamé :

— 1429 ! C'est bien ça, nous brûlons. Tout ceci tend à confirmer la tradition qui veut que le comte de Warwick, embarrassé par ses bagages, ait caché ici les trésors de l'armée anglaise.

— Un trésor !

M^me Laperdrix avait dressé l'oreille. Comment, il y avait un trésor caché chez elle ! Ceci changeait la face des choses ; elle ne trouva plus Lacopette aussi ennuyeux et le souterrain commença à l'intéresser. Elle eut volontiers posé à l'archéologue quelques questions, mais elle était retenue par la présence des domestiques devant lesquels elle ne voulait pas ébruiter l'affaire. Elle se proposa donc, *in petto*, d'interroger Lacopette, quand on serait remonté au grand jour.

Cependant celui-ci avançait toujours.

On se trouva bientôt devant le mur de briques qui fermait la galerie.

Le magistrat-archéologue avait pris un air déçu.

— Comment ! s'écriat-il. Le souterrain s'arrêterait là ! Voilà qui déconcerte mes conjectures. J'aurais cru que ce passage devait aboutir à une sortie quelconque. Autrement, on n'en conçoit guère l'utilité, s'il ne pouvait servir à s'évader en cas d'attaque du château.

Lacopette restait perplexe et tapotait de la main sur la paroi.

Tout à coup, la jeune femme de chambre, Mariette, qui était à l'arrière-garde, lança un cri strident, agita un bras en l'air et, perdant l'équilibre, vint tomber sur Gaëtane qui, à son tour, glissa sur son père, lequel, s'écrasant contre sa femme, l'envoya sur M. Lacopette qui s'effondra contre la cloison de briques.

Les lumières s'étaient éteintes et tous poussaient des clameurs épouvantables.

Roland et la petite Jeanne Valois avaient éclaté en sanglots.

Idalie, toujours à la hauteur des événements, reprit la première son sang-froid.

Elle poussa rudement ses voisins à droite et à gauche et, au moyen de quelques coups de coude, parvint à se remettre debout.

— Quelqu'un doit bien avoir des allumettes, dit-elle.

— J'en ai, fit le jeune jardinier qui se nommait Blaise.

— Donnez-les moi, reprit M<sup>me</sup> Laperdrix péremptoirement.

— Faut que je les « aveigne » dans mes poches d'abord, objecta le jeune garçon. Et puis, où donc que vous êtes, pour que je vous les passe?

— Là, là, expliqua Idalie, Guidez-vous à la voix.

Elle avançait le bras en tâtonnant pour tâcher de rencontrer la main de Blaise, attrapant au hasard le nez ou les cheveux de ses autres compagnons.

Puis, interpellant son mari qu'elle n'oubliait jamais pendant longtemps :

— Eh bien ! Joséphin, te relèves-tu ? questionna-t-elle. Je me demande ce que tu peux bien faire ?

L'interrogation était au moins saugrenue. Dans la situation où il se trouvait, pris entre les corps de ses voisins et dans cette obscurité, M. Laperdrix ne pouvait certainement pas faire grand chose.

On entendait une voix gémir, qui semblait venir des profondeurs du souterrain.

Les larmes de enfants redoublaient.

— Ah ! mais ne faites pas un pareil tapage, s'écria M<sup>me</sup> Laperdrix, c'est à ne pas s'entendre ; taisez-vous un peu.

C'est au moment où Idalie faisait cette recommandation que Mariette poussa de nouveau un cri perçant.

— Il revient ! il revient ! balbutia-t-elle.

— Qui ça ?

— Je ne sais pas, celui qui m'a touchée tout à l'heure.

— Quelle bêtise ! s'exclama M^me Laperdrix. Il n'y avait personne d'autres que nous dans le souterrain, je pense. Vous marchiez la dernière. Qui donc aurait pu vous toucher ?

— J' sais pas, répéta Mariette, mais il m'a frôlé la tête.

— Ah ça ! s'écria M^me Idalie, coupant court aux propos de sa femme de chambre, me donnez-vous ces allumettes, mon garçon ?

On entendait toujours des gémissements dans le souterrain.

— Mais, qui est-ce qui geint ainsi ? demanda la châtelaine d'un ton de blâme.

Elle avait interpellé Lacopette qui ne répondait pas.

Blaise était enfin parvenu à rencontrer, dans l'obscurité, la main de la châtelaine et à lui remettre la boîte d'allumettes. Mais restait encore à trouver les lanternes et les bougies tombées sur le sol dans la bagarre.

Idalie, de nouveau, apostropha son époux.

— Voyons, cherche un peu, lui dit-elle, et vous aussi Mariette, tâtez à vos pieds, baissez-vous.

Ce fut Gaëtane qui mit la première la main sur une lanterne.

Avec l'énergie qui la quittait rarement, M^me Laperdrix avait frotté une allumette contre la paroi du mur ; mais, soit à cause de l'humidité, soit pour tout autre raison, la flamme ne jaillit point.

M^me Laperdrix, malgré la gravité des circonstances, ne perdit point cette occasion de flétrir la régie ; puis elle frotta une seconde allumette, puis une troisième et d'autres encore. Enfin, ses efforts furent couronnés de succès et elle parvint à allumer une lanterne.

Puis, elle promena la lueur autour d'elle et chercha à reconnaître ses compagnons.

Mariette se tenait la tête cachée dans ses deux mains, jetant de temps à autre une exclamation aiguë.

Joséphin se frottait le coude, son bras avait durement heurté contre la muraille et il le sentait tout endolori.

M^me Laperdrix sentit tout à coup quelque chose lui frôler le front et, à son tour, poussa un léger cri qui fut répété par Roland, Roberte et Jeanne Valois.

Mais M^me Laperdrix avait eu le temps de reconnaître dans son assaillant, une innocente chauve-souris, troublée dans son sommeil par la lueur inhabituelle et gênante des lanternes et qui, épouvantée sans doute elle-même, avait jeté l'effroi dans l'âme de Mariette et de ses compagnons.

— Et voilà de quoi vous avez eu peur ! dit M^me Laperdrix avec un dédain écrasant.

Mais elle songea de nouveau à Lacopette qui ne bougeait toujours pas et tourna la lueur de sa lanterne vers l'extrémité de la galerie. Un autre cri lui échappa. A la place de la paroi qui s'élevait là tout à l'heure, il n'y avait plus qu'une ouverture étroite et haute. Quant au magistrat-archéologue, il avait disparu.

M^me Laperdrix, consternée, s'était penchée par le trou béant et elle aperçut Lacopette étendu par terre, et qui s'agitait en poussant de temps en temps ces sourds gémissements qui avaient tant effrayé les enfants.

— Eh bien ! qu'est-ce que vous faites là ! s'exclama Idalie qui, décidément, ne semblait pas se rendre compte des difficultés de la situation.

Gaëtane et Blaise étaient venus la rejoindre près de l'orifice et se penchaient à leur tour par l'ouverture,

— Tiens ! c'est pas une galerie, on dirait une grande salle, fit le jeune garçon qui essayait de voir à la lueur clignottante de la bougie que M^me Laperdrix tenait à bout de bras dans la trouée.

Lacopette, toujours à plat ventre par terre, avait le corps secoué de mouvements désordonnés.

— Pourquoi ne vous relevez-vous pas ? lui cria M^me Laperdrix.

Le magistrat-archéologue essaya de tourner la tête du côté de la châtelaine en se soulevant sur ses mains, puis il balbutia quelques sons confus qui se terminèrent dans un éternuement.

— A vos souhaits, Monsieur ! fit Blaise.

Les souhaits du pauvre Lacopette devaient bien être en ce moment de quitter le sol sur lequel il continuait à s'agiter désespérément.

M^me Laperdrix sentait l'impatience la gagner.

— Non ! mais qu'est-ce qu'il fait à se tortiller comme ça, au lieu de se relever ? s'exclama-t-elle.

— Attendez, dit Blaise, j' vas aller à son secours. Ça n'a pas l'air bien dangereux là-dedans.

Un soubassement en briques, d'une hauteur de cinquante centimètres environ, séparait la galerie de l'autre partie du souterrain qui s'étendait, semblait-il, en contre-bas.

Blaise sauta par dessus le rebord et, prenant la lanterne des mains de M^me Laperdrix, se pencha vers Lacopette.

— Ah ! ben, j' comprends que vous ne puissiez pas vous relever, s'écria le jeune garçon. Il a le pied pris dans un anneau qu' est par terre, expliqua-t-il à la cantonnade. Puis, revenant à l'archéologue :

— Attendez, M'sieur, j' vas vous dégager, fit-il. Mademoiselle Mariette, venez me tenir la chandelle ; allons, enjambez, y a pas de danger que j' vous dis.

Sur l'invitation de Blaise, Mariette, Gaëtane et M. Laperdrix, qui frottait toujours son bras, avaient, à leur tour, pénétré dans le second souterrain.

Lacopette, que le jeune jardinier avait enfin remis debout, éternuait sans discontinuer. Il avait la bouche remplie de poussière, le visage tout maculé, autant qu'on pût le voir à la clarté falote de la bougie, et il se frottait vigoureusement les yeux.

Il cessa enfin d'éternuer et tourna autour de lui des regards ravis. Il ne paraissait pas regretter sa chute et ne s'arrêta pas aux condoléances que M. Laperdrix avait cru devoir lui adresser. Il parcourait à grands pas l'endroit où ils se trouvaient. C'était une sorte de salle ronde, d'une dizaine de mètres de circonférence, et au-delà de laquelle la galerie recommençait.

— Je savais bien que le souterrain ne pouvait se terminer là, s'écria triomphalement Lacopette ; c'était contraire à toutes les probabilités. Eh bien ! je suis arrivé un peu rudement dans cette rotonde, mais je ne donnerais pas ma dégringolade pour beaucoup. Pensez donc, quelle découverte ! Je vais immédiatement adresser un rapport à l'Académie. L'écroulement de ce pan de mur a, on peut le dire, ouvert une nouvelle porte à la science.

C'était bien le cas de le dire, en effet, car en examinant la brèche de la cloison, on s'aperçut que ce n'était pas le mur qui s'était enfoncé sur la pression de Lacopette, mais que le poids de son corps avait simplement fait jouer le ressort d'une porte dissimulée dans la maçonnerie et qui s'était, en s'ouvrant, hermétiquement appliquée contre la muraille.

On n'avait pu se rendre d'abord compte de tout cela dans la demi-obscurité.

L'enthousiasme de Lacopette redoubla.

— C'est parfait ! s'écria-t-il. Cette porte dérobée donnant accès dans cette seconde partie du souterrain... Oh ! il aura du succès, ce rapport !

— Si nous remontions ? proposa M. Laperdrix, à qui les transports de Lacopette semblaient exagérés.

Mais le magistrat continuait :

— Et cet anneau ! cet anneau que vous voyez marquerait bien, à mon sens, l'endroit d'un caveau ou d'une excavation qui pourrait contenir.....

Idalie s'était mise à tousser brusquement pour couvrir la voix de M. Lacopette.

Malgré tous les incidents qui venaient de se dérouler,

elle n'avait pas perdu de vue le trésor dont l'archéologue avait parlé peu auparavant, et comme on le sait déjà, elle ne tenait pas à ce qu'on ébruitât la chose.

.Elle rompit les chiens en déclarant :

— Il faut bien vite rentrer pour vous nettoyer, M. Lacopette, vous pourrez revenir ensuite.

On reprit la marche en sens inverse, à la file comme en venant, mais sans mésaventure, cette fois.

Arrivée au château, M^me Laperdrix, qui avait renvoyé les domestiques et les enfants hors du salon, revint sur la question du trésor.

— Alors, vous avez dit qu'un duc, fit-elle, avait caché ici de l'argent?

— Ce duc est un comte, Madame, Richard Beauchamp, comte de Warwick. La tradition veut qu'il ait laissé dans cette région plus de quarante millions, sans compter de nombreux objets d'art d'une grande valeur.

— Quarante millions! répéta Joséphin, abasourdi, et ils sont dans ce souterrain?

— Tout porte à le croire. Warwick aura choisi un endroit caché et sûr pour y enfouir son trésor.

— Mais à qui sont-ils, ces millions? reprit Laperdrix.

— Mon Dieu! la loi est formelle à ce sujet. Les millions sont à vous, si on les découvre sur ce terrain qui vous appartient. La galerie court sous votre parc; elle est donc votre propriété. Faités faire des fouilles, trouvez l'argent : il est à vous !

La stupeur laissait, pour une fois, M^me Laperdrix silencieuse.

Quant à Joséphin, il ouvrait des yeux complètement ahuris. Puis, pris d'une pensée soudaine, il demanda :

— Et vous ne croyez pas que l'ancien propriétaire ne pourrait pas avoir l'idée de venir les réclamer un jour?

Lacopette leva les bras au ciel.

— Grand Dieu! s'écria-t-il. Que dites-vous là? Mais il est mort depuis cinq cents ans, le propriétaire. Ignorez-vous donc que c'était le dernier général anglais qui s'est maintenu en France au temps de Jeanne d'Arc. Ce fut même le triomphe définitif de la Pucelle d'Orléans qui causa la fuite précipitée de Warwick et l'abandon forcé des richesses qu'il avait prises en France, du reste, et qu'il ne put emmener avec lui dans sa retraite. Il se promettait sans doute de revenir les chercher, les Anglais gardaient encore un pied chez nous avec la Normandie. Mais les événements ont dû en décider autrement. Ce Warwick, d'ailleurs, vous le savez, fut chargé plus tard de l'enquête pour le procès de Jeanne et dirigea la procédure.

Les Laperdrix, il faut l'avouer, ne s'intéressaient guère à la biographie de Richard Beauchamp; ils ne songeaient qu'au trésor fabuleux que Lacopette avait évoqué devant eux.

— Mais, demanda Idalie qui avait acquis un certain jugement dans le commerce des pâtes alimentaires et légumes décortiqués, comment se fait-il que jamais personne n'ait songé à chercher ces millions?

— Bah! fit Lacopette, qui peut le dire! L'indifférence, l'ignorance de la masse, les difficultés de l'entreprise, que sais-je. Du reste, en 1845, quelqu'un a déjà essayé de faire creuser à l'endroit possible où pouvait se trouver le trésor, c'était assez loin d'ici d'ailleurs, aux environs de Mamers. Mais, je pense qu'on avait agi là avec une certaine étourderie. Ce lieu ne semblait pas être désigné aussi formellement que celui-ci par la chronique. Ici, je crois pouvoir dire que le succès serait certain.

— Il faudrait faire faire des fouilles, alors? demanda Joséphin.

— Oui, et je suis tout prêt à vous prêter mon concours. Ce serait d'un tel intérêt artistique! Pensez donc, Warwick avait dépouillé bien des églises et des monastères. On trouverait là des merveilles de l'art de l'époque, en croix, reliquaires...

Encore une fois, Lacopette s'engageait sur un terrain où les Laperdrix ne le suivaient pas.

L'intérêt artistique ! c'était ça qui les laissait froids !

— Enfin, Monsieur, dit Idalie qui cherchait à reprendre un air détaché, nous allons réfléchir à ce que nous ferons. En tous cas, vous pouvez dire à votre Société que nous serons contents de la recevoir.

# CHAPITRE X

On approchait de la fin de l'année scolaire et le moment des examens arrivait.

Hélène devait présenter aux épreuves du certificat d'études Jeanne Valois et Marie-Louise Laurent. Pour Roberte, elle avait prévenu M^me Laperdrix qu'il ne fallait pas songer à faire subir l'examen à la fillette : c'était marcher à un insuccès certain.

La châtelaine des Glaïeuls avait assez mal pris cette décision de l'institutrice. « Après tout, on ne pouvait pas savoir et Roberte aurait bien pu essayer de passer », mais l'enfant elle-même n'y semblant pas très disposée, la mère avait cédé de mauvais gré à l'avis de M^lle Lefebvre.

Mais pour Gaëtane, il en avait été autrement.

Il y avait à Laval un concours d'une espèce particulière. Une inspectrice primaire était morte une dizaine d'années auparavant, laissant à la direction de l'enseignement un legs destiné à fonder un prix en argent qu'on donnerait à la fillette qui était la première dans une composition d'histoire dont le sujet était indiqué par l'inspecteur d'Académie. Les enfants des écoles primaires, ainsi que les élèves des institutions et pensionnats libres de Laval et de ses arrondissements, pouvaient toutes y prendre part pourvu qu'elles eussent plus de onze ans et moins de treize.

M^elle Lefebvre avait l'intention de présenter Gilberte à ce concours. La fillette était très forte en histoire et elle rédigeait ses compositions françaises de telle façon qu'elle avait certainement quelques chances de succès. Et Hélène le souhaitait d'autant plus volontiers que le prix de deux cents francs, accordé à la lauréate, serait le bienvenu dans l'humble intérieur de M^me Malorey, dont les affaires allaient assez mal depuis quelque temps, et qui arrivait difficilement à joindre les deux bouts avec sa petite boutique.

Mais M^me Laperdrix n'avait pas admis un seul instant que Gaëtane n'accompagnât pas Gilberte à l'examen.

M^elle Lefebvre objecta vainement que la fillette avait peu de chance. En sciences, peut-être eût-elle eu quelque espoir de réussite ; mais l'histoire était sa partie faible !

M^me Laperdrix ne voulut rien savoir. Gaëtane passerait l'examen.

— Si elle est battue, dit la mère, il n'y aura pas qu'elle ; ce sera toujours un stimulant.

Hélène s'inclina devant la volonté de l'autoritaire Idalie.

Le jour de l'examen arriva.

Fastueusement, M. Laperdrix avait fait conduire M^elle Lefebvre et ses élèves en automobile à Laval.

Gilberte était ravie de cette circonstance, elle n'avait jamais été en auto et le voyage lui causait un grand plaisir, troublé un peu cependant par la perspective du concours à passer. Elle aurait tant voulu gagner le prix, la petite Gilberte, pour l'apporter à sa grand'mère.

Gaëtane, elle, paraissait peu se soucier de l'examen. Sa vanité était satisfaite de l'admiration naïve que Gilberte exprimait pour l'automobile et du contentement qu'elle manifestait d'être ainsi emportée à toute allure par les campagnes fleuries. Et M^elle Laperdrix se montrait bonne princesse.

Les enfants et l'institutrice déjeunèrent dans un hôtel de la ville. A une heure, on devait se trouver à la mairie où se passait le concours.

Gilberte perdait de son assurance et se troublait malgré les remontrances de M^elle Lefebvre qui lui recommandait d'être calme, en la quittant à la porte de la salle d'examen.

Mais la pauvre fillette, fatiguée et émue, se sentit prise d'un grand malaise, et, une fois en face de sa feuille de composition, elle crut qu'elle allait s'évanouir.

On avait dicté le sujet à traiter : « Raconter le règne de Philippe-Auguste » et on avait recommandé aux enfants d'écrire leur nom et leur date de naissance dans un coin de la feuille de papier réservé à cet effet et dont on rabattait l'angle afin que les correcteurs ignorassent de qui émanait le devoir.

Une fois cette formalité remplie, Gilberte sentit qu'elle ne pouvait en faire davantage. Sa vue se troublait et une sueur froide inondait son front et ses mains.

Une des surveillantes remarqua la pâleur de la fillette.

— Vous êtes malade, mon enfant? demanda-t-elle.

Gilberte put à peine répondre.

— Voulez-vous sortir? continua l'examinatrice.

La petite Malorey regardait sa feuille d'un air désolé. Allait-elle être obligée de renoncer au concours? L'inspectrice devina la pensée de la fillette.

— Venez prendre l'air avec moi, dit-elle, vous reviendrez ensuite faire votre devoir.

— Oh! oui, Madame, fit Gilberte avec empressement, j'irai mieux tout à l'heure et je rentrerai.

— Certainement, venez vite.

Elle entraîna l'enfant dans une pièce voisine et lui fit prendre un cordial.

Au bout de quelques instants Gilberte se sentait beaucoup mieux. Elle rentra dans la salle d'examen et reprit sa place à côté de Gaëtane qui lui demanda comment elle allait. Mais l'inspectrice imposa silence à la fillette en lui disant que toute communication avec les autres concurrentes entraînait l'exclusion immédiate.

Gaëtane, qui paraissait assez troublée, se le tint pour dit et se pencha sur sa feuille de papier. Elle resta longtemps sans rien faire, puis tout à coup se mit à griffonner de sa vilaine écriture que M^elle Lefebvre lui avait bien recommandé de soigner.

Gilberte, complètement remise de son malaise, était absorbée par sa composition; elle écrivait sans s'interrompre et eut juste fini quand l'inspectrice releva les copies.

En sortant, les enfants retrouvèrent M^elle Lefebvre.

Gilberte avait repris sa mine rose et fraîche et semblait assez satisfaite de son devoir.

Gaëtane était un peu pâle, et, contre sa coutume, ne parlait guère. Elle répondit cependant à M^elle Lefebvre qu'elle était contente d'elle, ce qui amena un léger sourire sur les lèvres de l'institutrice.

Rentrée aux Glaïeuls, Gaëtane trouva ses parents fort agités et l'on ne pensa guère à lui demander ce qui s'était passé à l'examen.

M^me Chopart, l'aubergiste des « Trois-Couronnes », se refusait absolument à vendre à M. Laperdrix un lopin de terre que celui-ci désirait acheter, et ceci contrariait fort les plans des châtelains.

En effet, c'était dans ce champ de M^me Chopart que se terminait le souterrain commençant sous le pavillon des Glaïeuls. En suivant les deux galeries consécutives, on était arrivé à un second escalier qui marquait le point terminus du souterrain. On avait débouché l'ouverture du dit escalier, comblée sans doute bien des siècles auparavant, et on s'était trouvé dans un petit champ planté de pommes de terre appartenant à l'aubergiste des « Trois Couronnes » et situé à l'orée du bourg, derrière les jardins.

GILBERTE ÉCRIVAIT SANS S'INTERROMPRE (PAGE 84).

Les Laperdrix, on le sait déjà, étaient au courant de la loi qui réglemente les trouvailles de trésors et argent enfouis dans des cachettes. Ils appartiennent au propriétaire du terrain où se trouvent les cachettes en question. Il fallait donc que les châtelains se rendissent acquéreurs de toute l'étendue de pays située au-dessus de la galerie qui commençait chez eux. Ce n'était du reste pas un espace considérable. En dehors du parc des Glaïeuls, le souterrain courait sous quelques champs appartenant à de pauvres gens qui avaient été fort heureux de céder leur terre à M. Laperdrix pour un assez bon prix. Mais M<sup>me</sup> Chopart, qui détenait l'anneau final de la chaîne puisque l'escalier de sortie débouchait dans son champ, n'avait pas accepté la combinaison avec la même facilité.

Non pas que l'aubergiste agît avec l'arrière-pensée que sa terre était bonne à garder puisqu'elle pouvait la mettre en possession d'un trésor. Cette idée ne s'était point présentée à son esprit ; elle ignorait d'ailleurs à peu près cette histoire d'argent caché dont on avait encore peu parlé dans le pays et d'une façon assez vague. Les Laperdrix avaient pu facilement expliquer l'achat de ces terrains par le désir d'agrandir leur parc. Mais justement M<sup>me</sup> Chopart savait que la vente de son champ causerait un plaisir aux propriétaires des Glaïeuls et c'était à cela qu'elle tenait le moins. Non pas certes que la brave femme fut d'ordinaire mauvaise et qu'elle se complût au chagrin du prochain, mais elle gardait rancune aux Laperdrix de la bousculade qu'ils lui avaient occasionnée un matin de l'hiver précédent, et elle ne tenait pas, pour quelque raison que ce fût, à rentrer en relation avec ces désagréables clients.

Elle avait donc fait, dans l'après-midi même, répondre à M. Laperdrix qu'elle n'acceptait pas ses offres et refusait de vendre son champ.

Gaëtane trouva sa famille sous le coup de cette déception.

— Ce n'est pas possible que cette bonne femme ne finisse pas par céder, déclara enfin M^me Laperdrix, nous y mettrons le prix qu'il faudra.

— Oui, oui, certainement, fifille, acquiesça Joséphin, il ne faudrait pourtant pas qu'elle nous écorche trop.

L'indignation de M^me Laperdrix éclata.

— Ah! elle reconnaissait bien là la lésinerie habituelle de son époux. En voilà un qui ne savait rien risquer. Ah! il s'entendait bien aux affaires, pour sûr! Heureusement qu'elle, Idalie, s'était trouvée là pour un peu, dans la boutique de la rue Saint-Martin!... Autrement, que fut devenu Joséphin au milieu de son macaroni! Esprit craintif, caractère hésitant, nature soupçonneuse et inquiète!...

Quand M^me Laperdrix entamait ce chapitre des imperfections de son mari, elle ne tarissait plus.

Gaëtane, heureusement, vint ôter son père de la sellette, en s'écriant avec mauvaise humeur qu'elle était fatiguée et qu'elle avait mal à la tête.

— Je vais te mettre un rigolot, déclara sa mère dont c'était la grande ressource.

Qu'on eût mal à la tête, au cœur, à l'estomac ou au ventre, M^me Laperdrix commençait toujours par vous appliquer un sinapisme au mollet.

Mais Gaëtane, qui se souciait peu du picotement causé par la farine de moutarde, assura vivement qu'elle allait mieux.

M^me Laperdrix revint alors au champ de M^me Chopart.

— Demain, nous retournerons chez le notaire, dit-elle, et nous verrons bien.

Huit jours s'étaient passés et l'on n'avait rien vu, du moins en ce qui concernait la terre de l'aubergiste qui s'obstinait dans son refus.

Mais le résultat du concours d'histoire avait été proclamé, et, à la surprise générale, c'était Gaëtane qui avait eu le prix. Ça, c'était un comble et M^elle Lefebvre ne pouvait en revenir !… Que la fillette dont elle connaissait la faiblesse en français et l'ignorance en histoire l'eût emporté, non seulement sur Gilberte, mais encore sur toutes les autres concurrentes, au nombre d'une cinquantaine, venues de toutes les écoles de la ville et dont plusieurs avaient passé avec grand succès leur certificat d'études, voilà ce que M$^{elle}$ Lefebvre ne parvenait pas à s'expliquer.

Il ne pouvait être question de protection en la circonstance. D'abord les copies étaient cachetées ; ensuite on ne pouvait suspecter le jury, composé d'hommes éclairés et impartiaux, d'avoir commis un tel passe-droit ou une telle erreur.

Hélène restait stupéfaite et regrettait vivement, il faut le dire, que ce ne fût pas Gilberte qui eût gagné le prix.

Elle eut à supporter de désagréables allusions de M$^{me}$ Laperdrix qui n'avait pas le triomphe aimable.

— Eh ! bien, Mademoiselle, avait déclaré Idalie, vous voyez que j'avais bien raison d'insister pour que ma fille se présente. Vos craintes d'insuccès étaient exagérées, avouez-le, et vos pronostics assez faux. Je m'étonne un peu que vous n'ayez pas su mieux juger du savoir de votre élève. Peut-être aussi faut-il dire, ajouta méchamment la châtelaine des Glaïeuls, que vous redoutiez la concurrence pour la petite Malorey ; c'est votre chouchou, celle-là !… Tout le monde n'a pas le bonheur de vous plaire autant.

Hélène avait dédaigné de répondre à ces propos grossiers. Elle se promettait de prévenir M$^{me}$ Laperdrix pendant les vacances, de n'avoir plus à compter sur elle pour ses filles à la rentrée. Jusque-là, elle patientait.

Les journaux locaux avaient proclamé les noms des lauréates.

— On aurait bien pu publier la composition de la première, fit remarquer M. Laperdrix, ce serait aussi intéressant que bien des articles qui ne signifient rien.

— Si on le demandait au directeur du *Petit Mamertin*, proposa Idalie, ça ferait bon effet pour nous.

Mais Gaëtane, très agitée, avait violemment protesté.

— Je ne veux pas, c'est idiot. Tout le monde se moquera de moi ; je ne veux pas, je ne veux pas. Et elle trépignait.

Devant la colère de sa fille, Mme Laperdrix n'avait plus insisté, mais elle ne perdit pas l'occasion de citer à Melle Lefebvre ce trait de modestie de Gaëtane.

# CHAPITRE XI

Depuis la chute de M<sup>me</sup> Dugast, Hélène avait eu l'occasion de revoir plusieurs fois la vieille dame dans les rues de Lanville.

Celle-ci semblait éprouver de la sympathie pour la jeune fille. A une ou deux reprises, tandis qu'Hélène, après un salut correct, passait rapidement son chemin, M<sup>me</sup> Dugast l'avait arrêtée pour échanger quelques mots.

Gilberte avait dit un jour à M<sup>elle</sup> Lefebvre, en secouant sa tête blonde :

— Eh bien! Mademoiselle, c'est la première fois qu'on voit M<sup>me</sup> Dugast s'arrêter ainsi dans la rue pour causer. D'habitude, elle se sauve bien vite quand elle aperçoit quelqu'un.

Hélène fronçait son fin sourcil en écoutant la fillette. C'était, en effet, avec contrariété qu'elle avait remarqué l'attitude de la vieille dame à son égard, et, un instant, elle avait voulu lui révéler qui elle était en lui déclarant qu'elle n'aurait jamais aucun contact avec ceux qui avaient renié son père.

Puis la jeune fille avait hésité devant la rudesse du procédé.. Il y avait tant de douceur et aussi tant de tristesse dans les yeux de M<sup>me</sup> Dugast!... Puisqu'à plusieurs reprises, elle et son mari avaient autrefois proposé de s'occuper de leur petite-nièce, c'est qu'ils se sentaient pour elle un certain intérêt. Que cette petite nièce, restée inconnue pour eux, refusât leurs bienfaits, cela pouvait s'admettre, mais qu'elle vînt en face, en se nommant, leur dire qu'elle ne voulait rien d'eux, c'était un acte brutal et mauvais qu'il répugnait à Hélène de commettre. Elle résolut donc de garder l'anonymat et de rester sur une grande réserve, se disant trop occupée pour accepter l'invitation que M<sup>me</sup> Dugast lui fit plusieurs fois de venir la voir chez elle.

La vieille dame était peinée de ces refus. Elle se sentait très attirée vers Hélène et se plaisait en sa présence. La vie n'était pas très gaie pour la pauvre femme. Depuis la brouille avec leur pupille, c'est-à-dire depuis une vingtaine d'années, M. Dugast était tombé dans une sorte de misanthropie dont rien n'avait pu le tirer, ce qui ne rendait pas l'existence facile pour son entourage. Depuis dix ans que le comptable avait quitté son grand-livre et était venu se retirer avec sa femme dans ce coin de Normandie, dont sa famille était originaire, il n'avait jamais voulu fréquenter personne et les journées avaient souvent paru longues à M<sup>me</sup> Dugast, dont le cœur tendre, la nature douce et timide avaient grand besoin d'affection.

La vieille dame, dans sa solitude, évoquait souvent l'image de cette petite-nièce qu'elle ne connaissait pas et dont elle aurait tant aimé à s'occuper. Ç'avait été un gros crève-cœur pour elle que les fins de non-recevoir que Jeanne, et plus tard sa fille, avaient opposé à leurs propositions de rapprochement.

Dans la demeure silencieuse, entre les murs attristés par la mélancolie des deux vieillards, M<sup>me</sup> Dugast imaginait la présence de la jeune fille qui aurait été un rayon de soleil... Mais il fallait bien maintenant, renoncer à tout espoir de réconciliation.

Ils ne connaîtraient jamais l'enfant de cette Jeanne

qu'ils avaient considérée comme leur fille ; ils étaient condamnés à passer, seuls et abandonnés, leurs derniers jours, et M^me Dugast soupirait en se demandant si son mari n'avait pas été bien sévère et s'il n'avait pas outre-passé ses droits, en voulant forcer sa nièce à renoncer au mariage qu'elle souhaitait et qui était d'ailleurs, en tous points, acceptable.

Dans son besoin de tendresse, la vieille dame s'était sentie attirée vers Hélène, dont les yeux caressants et le frais sourire plaisaient à première vue, et volontiers eût-elle attiré la jeune fille chez elle. Elle ne s'était pas encore aperçue de l'éloignement systématique de l'institutrice. Elle regrettait seulement que ses loisirs ne fussent pas plus nombreux.

C'était quelquefois chez M^me Malorey que M^me Dugast rencontrait Hélène, quand la vieille dame venait faire quelques achats de mercerie.

M^elle Lefebvre venait de plus en plus fréquemment chez la grand'mère de Gilberte. La pauvre femme avait de grandes préoccupations. Les affaires marchaient fort mal depuis quelque temps. Un magasin de nouveautés s'était établi dans le bourg sous cette enseigne allé-chante : « Au gaspillage », et offrait aux clients toutes sortes de commodités pour acheter ou échanger les marchandises. Il y avait aussi un nombreux choix à tous les rayons.

L'humble mercerie de M^me Malorey était désertée par la plupart de ses pratiques habituelles. De plus, quelques-uns de ses clients lui faisaient attendre de petites notes qu'elle n'osait trop réclamer, de peur de s'aliéner ces derniers acheteurs.

Depuis un certain temps, pour comble de tourments, Gilberte n'allait pas bien. Elle avait de fréquents maux de tête, des faiblesses. Le médecin avait diagnostiqué de l'anémie et ordonna un régime fortifiant et de la suralimentation.

La pauvre grand'mère se demandait comment elle pourrait suffire à ces dépenses supplémentaires, son budget ne s'équilibrant déjà pas.

Hélène venait souvent voir la petite malade et lui apportait quelques friandises, pour tenter l'appétit paresseux de l'enfant.

La jeune fille avait dû cependant arrêter le zèle de M^elle Pernin qui avait aussi voulu envoyer des plats de sa façon à Gilberte, et n'était venue à bout que de confectionner des crêmes tournées et des « quatre-quarts » indigestes que l'estomac délicat de la fillette aurait mal supportés.

Car la bonne demoiselle avait toujours le même amour malheureux pour l'art culinaire, et elle mettait à profit les vacances pour rester en permanence derrière son fourneau.

Elle s'était profondément attachée à Hélène qui la comblait du reste de prévenances et d'attention, et lui témoignait une respectueuse affection.

Elles avaient, toutes deux projeté, depuis longtemps, d'aller passer ensemble quelques jours en Bretagne, au mois d'août, mais la maladie de Gilberte avait changé les dispositions d'Hélène qui ne voulut pas quitter la petite fille et qui, d'ailleurs, employait les économies faites en vue du voyage à procurer à son élève quelques douceurs.

M^elle Pernin avait refusé de partir seule et s'était vite consolée de cette excursion manquée. Au fond même, peut-être le préférait-elle ainsi.

— A mon âge, disait-elle à Hélène, mieux vaut rester tranquille. Et puis, on ne sait jamais ce qui peut nous arriver en route !...

M^elle Pernin n'avait guère voyagé dans sa vie. De Rouen, elle était autrefois allée à Evreux, puis à Laval, d'où elle n'avait plus bougé que pour venir à Lanville. Une fois seulement, pour une exposition, elle avait passé cinq jours à Paris. Une autre année, elle avait accompagné une de ses cousines jusqu'à Cherbourg. C'étaient là tous les déplacements accomplis par la bonne demoiselle qui avait, d'ailleurs, contre les voyages de grandes préventions.

Elle redoutait les accidents de chemin de fer, ne prévoyant que déraillements et télescopages. Les hôtels aussi l'effrayaient beaucoup. Elle se les figurait volontiers pleins de traquenards et de chausse-trappes, comme certaines auberges d'autrefois ; elle eut facilement accusé les tenanciers d'en vouloir à la fois à sa bourse et à sa vie, et ne se serait mise au lit sans avoir regardé sous les meubles et barricadé sa porte avec des chaises entassées.

La nourriture aussi l'inquiétait, elle se méfiait de tous les mets servis à table d'hôte.

— Je me demande ce qu'ils mettent dans leurs sauces, répétait-elle.

C'était donc sans regret qu'elle avait renoncé à l'excursion en Bretagne.

Gilberte cependant, ne se remettait pas, et Hélène commençait à se préoccuper sérieusement de cet état.

Un jour qu'elle sortait, tout attristée, de chez sa petite élève, elle croisa, sur le seuil de la porte, M^{me} Dugast, qui remarqua la figure assombrie de la jeune fille et lui demanda si elle n'était pas souffrante.

Si pressée que fut d'ordinaire Hélène d'écourter son entretien avec M^{me} Dugast, elle se laissa cependant aller, ce matin-là, à dire son inquiétude au sujet de Gilberte.

Mais bientôt elle sembla regretter son abandon et se retira vivement, tandis que M^{me} Dugast reprenait le chemin de son logis en adressant à la jeune fille un geste affectueux de sa main ridée.

# CHAPITRE XII

Les Laperdrix s'absentaient d'ordinaire durant les mois de vacances ; mais, outre qu'Idalie avait jugé l'air de Lanville très suffisant pour leurs poumons, elle n'avait pas non plus voulu quitter les Glaïeuls et le souterrain.

L'idée du trésor s'était logée à poste fixe dans le cerveau de la châtelaine, elle ne rêvait plus que de cassettes de plomb remplies de monnaies d'or et d'argent, de coffres bardés de fer et renfermant des bijoux précieux, car si elle se souciait peu de la valeur artistique de ceux-ci, elle ne négligeait pas leur valeur marchande. Elle évoquait une fortune immense, prodigieuse, dont on n'avait jamais eu l'idée dans les pâtes alimentaires.

Une chose la chagrinait bien un peu, c'était le bruit qui allait se faire autour de cette découverte, mais il n'y avait pas moyen d'empêcher cela. Déjà les journaux de la localité avaient fait paraître un article sur les souterrains et annonçaient la prochaine visite de la Société historique.

Mais on ne pouvait pas empêcher les gens de parler.

— Nous en serons quittes, disait Idalie, pour donner quelques centaines de francs au bureau de bienfaisance et aux œuvres de l'arrondissement.

Elle attendait maintenant avec impatience la visite de la Société historique, ne croyant pas prudent d'entreprendre les fouilles avant d'avoir reçu les nouvelles indications promises par M. Lacopette.

M^me Chopart n'avait toujours pas cédé son lopin de terre.

— Mais pourquoi croire, disait encore M^me Laperdrix, que le trésor soit fatalement dans cette partie de la galerie. Il y a des chances pour qu'il ait été mis plus près de l'habitation que de la sortie.

— A moins, au contraire, qu'on ne l'ait enfoui le plus loin possible pour revenir plus facilement le chercher du dehors, ripostait Joséphin, chez lequel on ne se serait pas attendu à trouver tant de logique.

Mais sa conjointe haussait les épaules. Ce raisonnement dérangeait sa combinaison, et, comme M^me Laperdrix croyait facilement ce qu'elle désirait et n'admettait pas les objections, elle manifesta une fois de plus à son mari le peu de cas qu'elle faisait de ses raisonnements.

La date de la visite de la Société historique fut enfin fixée.

Plusieurs jours d'avance, on avait frotté, ciré, épousseté dans le château, pour recevoir ces messieurs qui appartenaient tous à la meilleure société du chef-lieu.

M^me Laperdrix se rendit elle-même à la ville et fit au pâtissier la commande d'un magnifique goûter pour trente-cinq personnes.

Rien ne fut ménagé : café glacé, petits fours, babas au rhum, sandwichs, etc. La cave des Glaïeuls devait fournir le vin de champagne et le bouillon serait préparé dans leurs cuisines. Deux serveurs des mieux stylés arrivèrent dès le matin à Lanville avec leur habit noir et leurs gants de fil blanc.

Dans la salle à manger, dont on avait enlevé les portes pour la réunir au salon en une immense pièce, se dressait un buffet magnifique.

— Bon sang ! s'était écrié Mariette, la femme de chambre, c'est comme pour une noce !...

La Société n'avait pas indiqué l'heure exacte de son arrivée et les châtelains, dès une heure de l'après-midi, l'attendaient en grande tenue.

M^me Laperdrix avait revêtu pour la circonstance une robe fourreau et Joséphin était en habit noir et chaussé d'escarpins.

Il convient de dire qu'il avait hésité un moment sur le costume à endosser. Il avait d'abord pensé à se mettre tout simplement en veston. Mais M^me Laperdrix lui avait fait observer que la Société comprenait des magistrats, des ecclésiastiques, le principal du collège, le sous-préfet et d'autres notabilités. L'habit ne lui avait pas semblé exagéré pour cette réception.

Gaëtane, Roberte et Roland étaient aussi sur leur *trente et un,* suivant l'expression de Joséphin qui eut été, du reste, bien en peine d'en expliquer l'origine et pourquoi ce chiffre indiquait le comble de l'élégance plutôt que vingt cinq ou quarante sept. Mais dans la vie, il y a bien des choses qu'on dit comme ça, sans savoir...

Les deux fillettes étaient en blanc avec des ceintures roses.

On avait fait venir, de Laval, un coiffeur qui avait fait à la mère et aux enfants une coiffure historique. N'était-ce pas de circonstance ?

M^me Laperdrix avait adopté le style Louis XV et M. Amable — c'était le nom de l'artiste capillaire — lui avait tellement relevé les cheveux en arrière qu'elle pouvait à peine fermer les yeux ; mais, en revanche, l'arc de ses sourcils n'avait jamais dessiné une courbe aussi élégante.

Gaëtane avait des boucles à la Ninon et Roberte arborait des pampilles comme une infante.

Roland avait éclaté de rire en regardant ses sœurs.

— Vous en avez des têtes ! s'exclama-t-il en pouffant.

Ce qui lui avait valu une giffle de Gaëtane et une grimace de Roberte.

Après quoi, le petit garçon s'en était allé flâner du côté du buffet.

— Ils n'arrivent pas, disait M<sup>me</sup> Laperdrix avec impatience. Et elle ne dédaignait pas de sortir hors de la grille pour guetter les chars à banc qui devaient amener la Société.

Celle-ci avait pour président M. du Four (en deux mots). Il était l'auteur de nombreux opuscules et d'innombrables plaquettes. Il en faisait sur toutes sortes de sujets et l'on pense que le souterrain des Glaïeuls devait lui fournir matière à copie.

C'était un homme à la figure bouffie, au nez rouge et d'allure assez désagréable. Il aimait ses aises et, informations prises, avait décidé qu'on déjeunerait à Lanville avant de se rendre aux Glaïeuls.

Il n'y avait que l'auberge des « Trois-Couronnes » dans le bourg : c'était donc chez M<sup>me</sup> Chopart qu'on avait commandé le déjeuner pour tous les excursionnistes.

Ils étaient une trentaine. Il y avait de quoi déborder l'hôtelière dont on connaît déjà le penchant prononcé pour la tranquillité.

Elle avait cependant tâché d'être à la hauteur des circonstances, et, si ce n'est que le déjeuner fut servi avec trois quarts d'heure de retard, il était succulent et digne des convives de choix qui le mangeaient.

C'était un gros événement dans le pays que l'arrivée de tous ces graves personnages dont plusieurs étaient décorés.

Les bonnes gens les regardaient sur le seuil de leurs portes et se disaient :

— Ils viennent pour le trésor.

Les archéologues, en attendant le déjeuner, avaient été visiter l'église dont le portail était digne d'être classé ; et les Lanvillois, étonnés, se demandaient ce qu'on pou-

UN MAGASIN DE NOUVEAUTÉS S'ÉTABLI DANS LE BOURG (PAGE 93).

vait trouver de beau à ça ! Ils n'avaient jamais pensé que leur église pût intéresser les gens de la ville.

M^me Chopart avait pris deux bonnes supplémentaires dont elle dirigeait les mouvements comme un général son état-major. Elle était bien étonnée, toutefois, de la conversation de ses clients extraordinaires : ils parlaient de macarons soutenus par des corbeaux, de trèfles et de roses. M^me Chopart connaissait ces mots-là pourtant, mais les phrases dans lesquelles ils figuraient ne présentaient aucun sens à l'esprit de la bonne hôtelière, et, quelques heures plus tard, elle avouait à M^me Rougeon, sa voisine et confidente habituelle, qu'au jour d'aujourd'hui, il faut voir de bien drôles de choses !

A la fin du déjeuner, au moment où on se levait de table, un orage éclata qui obligea les membres de la Société historique à rester à l'abri dans l'auberge. Il fut court mais violent.

Les rues du bourg furent, en un instant, transformées en torrent.

Le ciel pourtant parut bientôt se rasséréner, mais le terrain gras du pays s'était changé en une boue affreuse.

Les cochers qui avaient amené les excursionnistes avaient dételé les chars à bancs en arrivant aux « Trois-Couronnes ».

M. du Four (en deux mots) s'étant renseigné sur la distance assez grande du bourg aux Glaïeuls et ayant constaté le mauvais état des chemins, voulut faire remettre les chevaux aux voitures, mais deux des automédons étaient allés faire une petite promenade et chercher des morilles dans le bois voisin.

On ne put donc atteler qu'un seul char à bancs dans lequel montèrent les sociétaires les plus vénérables par leur âge ou par leurs fonctions.

Les autres durent gagner les Glaïeuls à pied, expédition qu'ils ne purent faire toutefois sans essuyer une nouvelle ondée.

On arriva au château en deux sections.

M. du Four (en deux mots) et ses collègues du char à bancs précédèrent les malheureux piétons aux pantalons éclaboussés jusqu'au-dessus des genoux.

Ceux-ci essuyèrent de leur mieux leurs chaussures fangeuses avant de franchir le seuil de M^{me} Laperdrix ; mais l'unique paillasson du vestibule et le décrottoir du bas du perron eurent fort à faire.

Les parapluies tout dégouttants d'eau et qui avaient été posés les uns fermés dans des coins du corridor, les autres tout ouverts sur les dalles, décelant ainsi le tempérament de leurs possesseurs, laissaient couler sur le quadrillage du vestibule des rigoles qui serpentaient, se rejoignaient et formaient de petits fleuves.

Une odeur de drap mouillé se répandait partout, étouffant le parfum des fleurs posées sur les tables du buffet.

# CHAPITRE XIII

La famille Laperdrix au grand complet se tenait devant la porte du salon, à l'angle du buffet qu'elle masquait en partie.

M. Lacopette fit les présentations. A chaque personne qu'on lui nommait, Mme Laperdrix faisait une inclination de tête pleine de dignité ; M. Laperdrix allongeait sa grosse main en murmurant invariablement :

— Très heureux de faire votre connaissance !

Gaëtane et Roberte faisaient un révérence.

Idalie s'inquiétait un peu de ne pas voir Roland auprès de ses sœurs.

Où pouvait être passé le garnement? En dépit de toutes les qualités dont elle dotait sa progéniture en présence des étrangers, Mme Laperdrix n'était pas dans le fond sans savoir de quoi était capable le gamin quand il était laissé à lui-même et elle se demandait à quel genre de méfait pouvait bien se livrer Roland !... Mais, victime de l'étiquette et du cérémonial, Idalie devait demeurer à son poste de maîtresse de maison.

M. du Four (en deux mots), personnage grave et désagréable, remercia brièvement les châtelains de la permission qu'ils avaient bien voulu accorder à la Société et demanda à être conduit au souterrain.

— Comme ça tout de suite! protesta M<sup>me</sup> Laperdrix; mais asseyez-vous un peu. Ces messieurs voudront peut-être bien prendre un rafraîchissement?...

— Merci, Madame, répondit M. du Four d'un ton glacial, nous ne sommes venus que pour le souterrain.

Et il esquissa un mouvement vers la porte.

— C'est que je ne suis guère en tenue pour une pluie pareille, murmura M. Laperdrix en jetant un coup d'œil sur ses escarpins. Vous me donnerez bien le temps de me changer?...

— Mais ne vous dérangez pas, Monsieur, dit le président. Il suffit qu'un domestique nous accompagne. Nous n'avons pas besoin de vous.

— Mais si, mais si, interrompit M<sup>me</sup> Laperdrix qui n'aurait pas voulu risquer qu'on trouvât le trésor sans la présence de la famille, mon mari n'a qu'à changer de chaussures et il sera à vous, c'est l'affaire d'un instant.

M. du Four laissa échapper un signe d'impatience; toutefois il se résigna à attendre que M. Laperdrix eût mis des souliers plus solides que ses escarpins pour affronter le sol détrempé des allées.

— Asseyez-vous donc, Messieurs, dit M<sup>me</sup> Laperdrix.

— Merci, Madame, fit M. du Four dont la maussaderie croissait, ce ne sera pas long, je suppose.

— Oh! le temps de mettre des bottines. C'est l'affaire d'une minute, dit M<sup>me</sup> Laperdrix à qui cette figure sépulcrale commençait à causer quelque gêne. Vous ne voulez donc rien prendre? ajouta-t-elle au bout d'un instant.

M. du Four ne se donna même plus la peine d'articuler un merci du bout des dents; il fit de la main un geste dédaigneux qui écartait bien loin toute idée de tartelettes et de petits fours.

— Et ces Messieurs? insista M<sup>me</sup> Laperdrix en jetant un regard circulaire sur les membres de la Société Historique, parmi lesquels elle cherchait un allié contre le terrible président; mais celui-ci avait tout son monde si bien en main que nul ne se risqua à prêter l'oreille aux avances de M^me Laperdrix.

Il y eut un silence gêné pendant lequel M^me Laperdrix cherchait en vain un sujet de conversation qu'elle ne trouvait pas.

L'ondée, qui redoubla tout à coup d'intensité, battant les vitres du salon, vint le lui fournir à propos.

— Quel temps! fit-elle. Ces Messieurs ne sont pas bien tombés pour leur visite à Lanville.

M. du Four fit un léger mouvement de ses lèvres minces d'où il ne sortit aucun son, et les sociétaires, sans répondre directement à M^me Laperdrix, se mirent à échanger entre eux des réflexions sur la pluie.

M^me Laperdrix ne se tint pas pour battue et essaya encore une fois d'obtenir de ses hôtes quelques paroles.

— Il faut laisser passer l'averse. On ne peut pas traverser le jardin par un temps pareil. Ça ne va pas durer.

M. du Four (en deux mots) ne disait toujours rien, mais son front se plissait et ses doigts tapotèrent dans un mouvement d'impatience la paume de sa main.

— Décidément, mon mari a bien fait d'aller changer de chaussures, poursuivit M^me Laperdrix... Mais qu'est-ce qu'il fait donc? Il est bien long?

— C'est mon avis, fit M. du Four sortant enfin de son mutisme.

En ce moment François entra et vint dire à l'oreille de M^me Laperdrix :

— Monsieur ne trouve pas ses bottines, il ne sait pas où Madame à mis ses chaussures.

Idalie s'élança aussitôt vers la porte; puis s'arrêtant sur le seuil, elle dit :

— Vous permettez, Messieurs, c'est l'affaire d'un moment, je reviens tout de suite. Vous m'excuserez. Elle ajouta encore d'un air de bonhomie pour mieux se faire pardonner du sévère M. du Four : M. Laperdrix ne sait rien trouver. Vous savez ce que c'est que les hommes !

— Drôles de gens ! murmura le secrétaire perpétuel de la Société Historique, M. Bellebrune, avoué-honoraire.

Un rire courut parmi les sociétaires, mais M. du Four ne s'associa pas à cette gaieté.

Cet homme, qui était le fils d'un huissier de Rennes, avait apporté dans l'archéologie une mentalité héréditaire formée aux exploits et aux contraintes ; il avait toujours l'air de venir faire une saisie.

Les serveurs, émancipés par le départ de M^{me} Laperdrix, commencèrent à se départir de l'importante gravité qui appartient à leurs fonctions. Ils adressèrent des petits signes d'intelligence à leurs concitoyens de Laval.

La vie de province autorise cette familiarité ! Un des serveurs était deuxième piston dans la Société Musicale des Enfants de Laval dont M. Bellebrune était président d'honneur.

— Un verre de champagne? dit-il à celui-ci avec un clignement d'yeux amical. Et vous, M. Mollet ? ajouta-t-il en se tournant vers un autre membre de la Société, rédacteur en chef du *Progressiste de la Mayenne*.

Ces deux messieurs répondirent par un sourire que le serveur prit pour un assentiment ; et, sans en attendre davantage, il fit sauter sans bruit le bouchon d'une bouteille au col d'argent et commença à remplir deux verres.

MM. Bellebrune et Mollet, d'autres peut-être, allaient céder à la tentation.

— Messieurs, Messieurs, dit M. du Four avec un regard triste.

C'en fut assez pour arrêter les mains qui déjà se tendaient vers les verres.

— Puisque personne n'en veut, je vais me l'appuyer, dit le serveur.

Il tendit une des coupes à son collègue, en prit une autre et tous deux se tournant discrètement du côté du mur, il les vidèrent.

Pendant ce temps, M^me Laperdrix était avec son mari à la recherche d'une paire de souliers.

Voici ce qui s'était passé. En attendant la visite des membres de la Société Historique, qu'ils s'étaient figurés sous un aspect plus bon enfant, les Laperdrix s'étaient dit qu'ils auraient à leur faire faire aux Glaïeuls, ce qu'on appelle le tour du propriétaire. Ils étaient très fiers de leur ameublement et se faisaient une fête de le montrer à des connaisseurs.

La chambre de M. Laperdrix avait notamment un lit à baldaquin de style Renaissance que M^me Laperdrix n'était pas fâchée d'exhiber à ces messieurs.

En vue de cette visite, on avait débarrassé la chambre et le cabinet de toilette des effets d'habillement de M. Laperdrix. Les souliers avaient été mis dans quelque cabinet de débarras, en un coin que ne pouvait se rappeler M^me Laperdrix, perdant la tête en songeant à M. du Four qui s'impatientait en bas.

On dut finir par demander au jardinier de prêter à son maître un paire de souliers.

Les maîtres de maison reparurent enfin dans le salon ; M. Laperdrix était chaussé de grosses bottines à clous et avait passé un vieux veston gris qui contrastait comiquement avec son gilet en cœur et ses boutons de diamant.

En rentrant, M^me Laperdrix put tout de suite constater que Roland avait profité de l'inattention générale pour aller dire deux mots aux gâteaux du buffet. Il avait même rempli de crème le col de soie de son costume marin. Idalie eut une folle envie d'allonger une gifle à son héritier, elle pensa que le protocole en souffrirait peut-être et se réserva de reprendre après le départ de la Société l'entretien avec Roland qui ne perdrait rien pour attendre, pensait-elle.

On se dirigea en masse vers l'extremité du parc où s'ouvrait l'entrée du souterrain. On eut quelque peine à allumer les bougies que par un excès de précaution, on avait placées le matin à l'entrée des galeries. L'humidité avait gagné les mèches qui ne s'enflammaient pas.

M. du Four paraissait très agacé. Il répondait à peine aux questions sur la composition probable du trésor enfoui et sur le comte de Warwick que lui posait M^me Laperdrix, parlant du ton bref et maussade d'un homme qui ne désire pas prolonger la conversation.

Enfin, on s'engagea dans des galeries, mais à peine y avait-on parcouru quelques mètres que des cris lointains se firent entendre :

— Au secours ! au secours !...

— C'est Roberte ! s'écria M^me Laperdrix qui avait reconnu la voix de sa fille cadette ; où est-elle ?

— Où es-tu, mon enfant ?

— Au secours ! continuait à crier Roberte.

— Mais où es-tu, où es-tu ? répétait M^me Laperdrix.

— Là, en bas, dans le trou, je suis tombée.

La voix paraissait venir d'une galerie latérale ; on se dirigea de ce côté.

— Ma fille ! criait Idalie, sauvez ma fille !

On se dirigea vers l'endroit d'où appelait Roberte et l'on aperçut bientôt à la lueur des bougies un puits à demi-recouvert d'ais pourris qui avaient cédé sous le poids de la petite fille.

— Je suis là, là ! criait Roberte du fond de l'abîme.

— Es-tu blessée ? s'écrièrent M. et M^me Laperdrix pendant que Gaëtane se mettait à sangloter et Roland à pousser des hurlements.

— Oui, ma jambe me fait mal ! Tirez-moi de là, j'ai peur, j'ai mal !

— Des cordes, des cordes ! s'exclama M^me Leperdrix.

On avait tendu des bougies au-dessus du puits pour juger de sa profondeur, mais toutes s'éteignirent. On se trouva tout à coup dans une demi-obscurité dont l'impression fut des plus funèbres.

— Vite, Messieurs, je vous en prie, des cordes, des cordes ! répétait M^me Laperdrix.

— Nous n'en avons pas sur nous, maugréa M. du Four que la découverte inopinée de ce puits ne laissait pourtant pas d'intéresser.

— Va donc, Josephin, reprit Idalie, tu restes là comme une souche, remue-toi, vite, vite.

M. Laperdrix s'élança hors du souterrain accompagné de deux ou trois membres complaisants de la Société.

Pendant ce temps, M. Lacopette racontait sans être très écouté d'ailleurs l'accident dont lui-même avait été victime dans cette galerie quelques semaines auparavant.

— Ce souterrain est plein de surprises ! conclut-il.

Cependant dans le jardin, M. Laperdrix courait de droite et de gauche sans trop savoir où trouver des cordes.

Les domestiques auxquels il s'était adressé ne pouvaient pas non plus en découvrir, et comme leur maître, allaient d'un bout à l'autre du parc sans rien trouver.

Enfin, l'un d'eux eut l'idée de franchir la grille et donna l'alarme aux habitants des maisons voisines en criant :

— Au secours, des cordes, des échelles ! La petite est tombée dans un puits !

Le bourrelier de Lanville qui était en même temps commandant de la subdivision de pompiers, alla décrocher l'échelle de sauvetage pendue horizontalement au mur d'une grange et sans avoir oublié de mettre son casque, arriva à l'entrée du souterrain escorté d'hommes, de femmes et d'enfants.

Tout ce monde entra dans la galerie, guidé vers le puits par la faible lumière que projetaient de loin les bougies. Il s'était passé plus d'une demi-heure pendant ce temps-là.

M. du Four ainsi que ses collègues las d'attendre.

s'étaient engagés dans les galeries qu'ils exploraient laissant M^me Laperdrix et Gaëtane dialoguer avec la pauvre Roberte qui passait fort mal son temps au fond de son trou.

Le bourrelier descendit son échelle qui heureusement se trouva assez grande. Plusieurs échelons même dépassaient l'orifice du puits. Un instant après la « rescapée » apparaissait saine et sauve.

Plusieurs membres de la Société historique étaient médecins. Ils examinèrent le pied de la petite fille qui s'en plaignait et constatèrent qu'elle avait tout simplement une foulure.

Quand elle fut rassurée, M^me Laperdrix s'aperçut de la multitude de gens qui étaient entrés dans le souterrain à la suite du capitaine des pompiers.

— Qu'est-ce que c'est que tout ce monde-là ? dit-elle. Qu'est-ce que vous venez faire ici ?... Voulez-vous bien vous en aller !...

— Vous n'êtes pas très reconnaissante ! répondit une brave femme. On vient vous porter secours et c'est comme ça que vous remerciez le monde.

— Moi, j'ai aidé à porter l'échelle, dit un gamin. Puisqu'on ne nous dit pas merci, on devrait au moins nous payer...

— Une autre fois, on les laissera se débrouiller tout seuls, dit un troisième.

— Etre si riches et si rapiats !... Ils sont venus ici pour nous enlever le trésor, dit un autre trouvant ainsi le vrai mot de la situation qui fut immédiatement répété par tout le monde.

M. et M^me Laperdrix étaient profondément blessés de ces propos proférés en présence des membres de la Société historique, et leur humiliation s'accrut encore de la resistance que mirent les villageois à s'en aller en dépit de leurs injonctions comminatoires.

— Nous ne sommes pas pressés, disaient-ils, nous pou-

LES AUTRES DURENT GAGNER LES GLAIEULS A PIED (PAGE 103).

vons bien voir un peu ce fameux souterrain. D'abord,
nous avons quitté notre travail pour venir à votre aide ;
il faut nous payer. Vous en avez les moyens avec le
trésor...

M. Laperdrix ne put venir à bout d'expulser les récal-
citrants qu'en distribuant parmi les plus mutins tout ce
que son porte-monnaie contenait de pièces de quarante
sous.

Encore ne franchirent-ils pas la grille du parc sans
faire entendre quelques cris désobligeants, mêlés de
coups de sifflets.

Des esprits moins chagrins que M. du Four se seraient
amusés à part eux de la petite comédie à laquelle ils
venaient d'assister aux dépens des Laperdrix ; mais ce
n'était pas son humeur et trouvant que sa dignité avait
été compromise par cet incident, il prit un air encore
plus maussade et renfrogné.

La visite était finie.

— Eh bien ! qu'en pensez-vous ? demanda M^me Laperdrix à M. du Four en retraversant le jardin pour gagner
la maison.

— Que voulez-vous que j'en pense ? repartit un peu
brusquement M. du Four, ce sont des souterrains probablement antérieurs au XIV^e siècle. C'est tout ce qu'on
peut en dire.

— Mais le trésor ? fit M^me Laperdrix.

— Quel trésor ?

— Celui, enfoui par le comte de... enfin, ce général
anglais, au temps de Jeanne d'Arc.

— Oh ! ça ! dit M. du Four en haussant dédaigneuse-
ment les épaules, c'est la légende ; je ne m'occupe pas
des légendes. Je fais seulement de l'Histoire.

Un effondrement s'était fait dans l'âme de M^me Laperdrix.

— Mais cependant, murmura-t-elle, M. Lacopette un de
vos collègues, m'avait dit...

— Ah ! Lacopette, interrompit le président, si vous vous en rapportez à lui, vous n'êtes pas au bout ! Il croit à bien d'autres choses encore, n'est-ce pas Lacopette? dit-il en se retournant vers son confrère qui marchait à quelques pas derrière lui. Il se laisse prendre à tous les paradoxes historiques, continua le président en revenant à M<sup>me</sup> Laperdrix à laquelle il n'en avait jamais dit si long, il croit à toutes les histoires saugrenues, à l'identité de la dame des Armoises et de Jeanne d'Arc, à Naundorff, etc... Ce ne sera jamais un historien, ce pauvre Lacopette.

M<sup>me</sup> Laperdrix regardait anxieusement le magistrat-archéologue dans l'espoir de quelques répliques victorieuses qui confirmât les affirmations de la première visite, mais le pauvre homme était tout intimidé par le mauvais caractère de son président. Il se contenta de répondre avec un sourire de soumission :

— Que voulez-vous ? Je suis comme ça, on ne se refait pas !

M<sup>me</sup> Laperdrix se sentit défaillir. Puis la colère l'envahit : elle dut se retenir pour ne pas sauter sur le malheureux Lacopette dont les paroles inconsidérées avaient fait naître dans son esprit tant d'espoirs aujourd'hui déçus... Sans compter le ridicule qui rejaillirait sur eux.

Et tous les frais qu'on avait fait pour cette visite !... M<sup>me</sup> Laperdrix regretta amèrement sa commande au pâtissier.

Joséphin cependant, qui ne savait pas encore de quelle hauteur il fallait tomber, faisait justement les honneurs du buffet à M. du Four.

— Vous allez prendre quelque chose, dit-il, ainsi que ces Messieurs.

— Oh ! rien du tout, rien du tout, s'écria d'un ton sévère M. du Four, en étendant la main par un geste renouvelé de Philippe refusant les présents d'Artaxercès.

— Mais un peu de thé ou de chocolat. Il faut bien prendre quelque chose de chaud après avoir été à l'humidité.

M^me Laperdrix trouvait que son mari insistait beaucoup trop. Elle avait hâte maintenant que tous ces envahisseurs fussent partis. Et elle regardait d'un air de colère son parquet maculé par tous ces pieds boueux.

Joséphin n'était pas encore découragé; il tendit une coupe de champagne à M. du Four.

Mais celui-ci refusa une troisième fois avec un redoublement de sévérité, et, sans attendre davantage, craignant sans doute que quelqu'un de ses collègues ne succombât à la tentation, des sandwichs et du Rœderer, il s'élança du salon dans le corridor, et du corridor dans le parc, suivi par les membres de la Société dont quelques-uns n'étaient pas sans regrets peut-être en abandonnant le somptueux buffet.

M. Lacopette en particulier avait les yeux pleins de rêves trahis, mais la discipline régnait à la Société historique. Il fallait se conformer aux décisions de M. du Four.

Idalie n'avait pas attendu qu'ils fussent tous partis pour leur montrer le poing, à la grande stupeur de M. Laperdrix qui n'osa cependant pas demander d'explications, retenu par la présence des serveurs qui ricanaient derrière le buffet. Puis, comme il fallait que la rage de M^me Laperdrix se passât sur quelqu'un, elle lança une calotte à Roland en lui rappelant qu'il avait sali son col et traita Roberte d'idiote, lui reprochant d'avoir déchiré sa belle robe blanche dans ce souterrain de malheur.

# CHAPITRE XIV

Le docteur Lemaire qui soignait Gilberte avait un jour déclaré à M^me Malorey qu'il désirait avoir l'avis d'un de ses confrères de Laval sur l'état de la fillette dont la faiblesse allait en croissant.

Elle ne pouvait plus maintenant quitter son lit et elle atteignait à un degré extrême de maigreur.

La pauvre grand'mère était au désespoir et elle se demandait si elle n'allait pas encore voir mourir Gilberte comme étaient déjà partis son fils, sa bru et l'aîné de leurs enfants.

Et au milieu du chagrin qui déchirait son âme, la malheureuse femme était encore obligée de se préoccuper de choses matérielles qui lui donnaient aussi de grands soucis.

Elle n'avait pu payer exactement les commerçants en gros qui lui fournissaient des marchandises. Ceux-ci tardaient donc à lui livrer les nouvelles commandes et son humble magasin se trouvait désassorti, ce dont profitaient les Lanvillois pour aller acheter au *Gaspillage*.

Enfin, le plus grave, c'était qu'un fabricant de Rouen, auquel M^me Malorey prenait des cotonnades, ne voulait plus attendre pour le paiement de sa facture.

La plupart des autres créanciers de la pauvre femme qui la connaissaient depuis de longues années et l'estimaient beaucoup lui avaient accordé du temps, mais ce filateur, devenu récemment acquéreur de sa fabrique, menaçait M<sup>me</sup> Malorey de la faire mettre en faillite s'il ne recevait pas les cinq cents francs qu'elle lui devait à la fin du mois.

Cinq cents francs ! Où les prendre ? Alors que la pauvre grand'mère se privait presque de pain pour donner à Gilberte le bifteck et le lait que lui ordonnaient les docteurs.

La vieille femme avait courageusement jusque-là supporté toutes ces épreuves ; mais sa vaillance faiblissait à la fin.

Hélène la trouva un jour dans son arrière-boutique, affaissée dans un fauteuil et sa figure ridée couverte de larmes.

C'est un des spectacles les plus tristes et les plus émouvants que de voir pleurer un vieillard.

Hélène à son tour sentit les sanglots l'étreindre à la gorge et dans un geste spontané se jeta dans les bras de la vieille femme qui lui confia toute sa peine.

La jeune fille resta consternée. Elle prévoyait bien les soucis de toute nature qui accablaient sa vénérable amie, mais cette somme de cinq cents francs à trouver la consternait.

Elle avait tout de suite pensé à ses économies. Cela représentait cent vingt cinq francs à peine.

Elle ne gagnait guère encore comme adjointe, Lanville étant son poste de début. De plus, elle envoyait chaque mois une petite somme à la parente qui l'avait élevée et qui n'avait que de minces ressources avec une santé délicate. Enfin, elle venait de faire des achats de livres qui avaient mis à sec sa petite bourse.

Elle ne pouvait donc offrir que peu de choses à sa vieille amie.

Celle-ci essuyait ses yeux ternis.

— Calmons-nous, mon enfant, dit-elle, il ne faut pas que Gilberte nous voie dans cet état; cela la bouleverserait.

Hélène avait donc composé son visage pour monter dans la chambre de Gilberte située au-dessus de la boutique.

La fillette était couchée, grelottante de fièvre et étendant sur ses draps des mains amaigries, sa figure si gaie autrefois réflétait maintenant une gravité au-dessus de son âge et une profonde tristesse assombrissait ses grands yeux.

Un pâle sourire pourtant flotta sur ses lèvres en voyant entrer son institutrice et elle lui tendit son front.

Hélène surmontant son émotion s'était assise auprès du lit de la petite malade et s'efforçait de l'égayer en lui racontant les nouvelles du pays et en lui parlant de ses compagnes.

Mais Gilberte écoutait distraitement et Hélène eut la crainte de la fatiguer.

Tout à coup l'enfant se pencha vers la jeune fille et lui dit d'une voix anxieuse :

— Grand'mère est très tourmentée, n'est-ce pas? à cause de l'argent?...

M^elle Lefebvre avait eu un tressaillement; mais elle répondit sur un ton qu'elle s'efforçait de rendre indifférent :

— Mais, je ne crois pas, ma chère petite.

— Si, si, insista la fillette, et elle a dû vous en parler. Hélène gênée secouait la tête.

— Il vaut mieux me dire la vérité, Mademoiselle, supplia Gilberte; je m'inquiète trop de ne pas savoir. Ah! s'écria la pauvre petite en fondant en larmes, si j'avais eu le prix, on aurait donné l'argent à ces méchantes gens et ils n'auraient pas tourmenté grand'mère.

Hélène était consternée et elle songeait au redoublement du chagrin de M^me Malorey si elle connaissait les préoccupations de sa petite-fille.

Mais on eut dit que Gilberte avait deviné la pensée de sa jeune institutrice, car elle ajouta :

— Surtout ne dites rien à grand'mère, Mademoiselle, elle ne veut pas m'inquiéter ; qu'elle ne sache pas que j'ai pleuré ! Et je sais qu'elle est bien inquiète aussi de ma santé, mais je n'ai pas l'air de m'en apercevoir.

M^elle Lefebvre, de nouveau, était suffoquée par les larmes et se sentait bouleversée par le spectacle de la comédie héroïque et sublime que se jouaient la vieille femme et l'enfant, l'une au seuil de la vie, l'autre aux portes du tombeau, pour se cacher mutuellement leurs inquiétudes et leur désespoir.

Gilberte reprit en soupirant :

— Ah ! si j'avais eu le prix !... Je l'avais tant espéré !... Je l'ai tant regretté, Mademoiselle, à cause des deux cents francs pour grand'mère.

C'était la première fois que la fillette faisait allusion au concours, mais Hélène voyait maintenant quels avaient été les regrets de sa petite élève.

Qui sait si cette déception n'avait pas été un peu la cause de la maladie de l'enfant.

Cependant une idée venait de germer dans l'esprit d'Hélène.

Après avoir consolé Gilberte et lui avoir affirmé qu'elle s'exagérait les craintes et les soucis de sa grand'mère, elle embrassa la petite malade et lui promit de revenir le soir.

La jeune adjointe franchit rapidement la distance qui la séparait de l'école. Elle entra précipitamment dans la cuisine où, comme toujours, telle la sorcière de Canidie, M^elle Pernin tournait, mais sans maléfice aucun, une mixture dans une marmite.

La bonne demoiselle remarqua l'air troublé d'Hélène qui lui demandait de venir causer avec elle. A regret, la vieille fille abandonna son chaudron et suivit sa jeune amie dans sa chambre.

Un soir, quelques mois auparavant, dans un moment d'expansion, M^elle Lefebvre avait raconté son histoire à sa directrice. Cette dernière connaissait donc la parenté qui unissait l'institutrice aux époux Dugast et avec sa misanthropie habituelle avait approuvée la ligne de conduite qu'avait adoptée la jeune fille.

Ce jour-là, Hélène après avoir conté à sa vieille amie les embarras et les anxiétés des dames Malorey, lui annonça qu'elle allait se rendre chez les Dugast.

M^elle Pernin laissa tomber ses bras d'étonnement.

— Et je leur dirai qui je suis, continua M^elle Lefebvre. Ils ont voulu s'occuper de moi autrefois et pourvoir aux frais de mon éducation. Je leur demanderai de mettre aujourd'hui à exécution une partie de ces offres généreuses. Il faut sauver Gilberte et sa grand'mère. Je les prierai de me remettre trois cent soixante-quinze francs, puisque je puis parfaire la somme avec mes économies.

Avec sa versatilité d'esprit M^elle Pernin trouvait maintenant tout naturel qu'Hélène allât chez les Dugast. Elle ajouta même avec une assurance naïve et qui ne manquait pas de justesse en somme :

— Bah! pendant que vous y serez, demandez leur donc cinq cents francs. Le reste, ce sera pour améliorer le régime de Gilberte.

En se dirigeant vers le Doyenné — c'était le nom de la demeure des Dugast — Hélène sentait un peu faiblir son courage et elle se demandait comment elle allait aborder la conversation avec ces parents qu'elle avait toujours repoussés et auxquels elle se présentait pour la première fois en leur demandant un service, mais la pensée de M^me Malorey ranima l'énergie de la jeune fille.

Une petite bonne l'avait fait entrer dans le salon du

Doyenné dont les vieux meubles fanés et les tapisseries surannées cadraient bien avec la mine falote et effacée de la maîtresse du logis.

Celle-ci se présenta bientôt. Elle accueillit Hélène avec un joyeux étonnement.

— Ah! vous voilà, Mademoiselle Lefebvre, s'écria-t-elle; je n'espérais plus avoir le plaisir de vous voir chez moi.

La jeune institutrice avait un air grave qui frappa la vieille dame.

— Mais qu'est-ce que vous avez, ma chère demoiselle ? demanda-t-elle.

Hélène avait rougi, puis pâli. Elle regarda bien en face son interlocutrice :

— Madame, dit-elle, je dois vous faire un aveu et vous dire qui je suis. Mon prénom que vous ignorez sans doute et mon nom de Lefebvre si commun en ces régions, ne vous ont pas permis d'établir ma véritable personnalité et vous ne m'avez pas deviné sous l'incognito que j'ai gardé! Je viens me déclarer à vous aujourd'hui ; je suis votre petite nièce, la fille de Jeanne Durey, votre ancienne pupille.

M<sup>me</sup> Dugast avait jeté un cri :

— Vous, vous, la fille de Jeanne! répétait-elle.

Une porte s'était ouverte et M. Dugast était entré dans la pièce. Le vieillard avait comme toujours un air sombre et sévère. Il parut fort étonné de l'émoi de sa femme et de la présence d'Hélène.

— As-tu entendu, as-tu entendu? s'exclama M<sup>me</sup> Dugast. C'est notre nièce, la fille de Jeanne!...

L'ancien comptable avait eu un geste de surprise, mais n'avait rien dit. Il semblait attendre qu'Hélène expliquât le but de sa visite.

Celle-ci le comprit et prenant son courage à deux mains exposa la situation à ses parents et leur dit ce qu'elle attendait d'eux.

M^me Dugast témoignait d'une grande émotion, mais le visage de son mari restait impassible.

A la fin, il hocha la tête.

— Vous me permettrez, Mademoiselle, dit-il d'un ton glacial, de m'étonner un peu de cette visite si tardive et du prétexte qui la motive. Vous avez jugé bon jusqu'à présent d'épouser la querelle de votre mère et de nous considérer comme des étrangers, voire comme des ennemis...N'est-il pas un peu bizarre que vous ne daigniez nous reconnaître comme vos parents que dans ce besoin où vous êtes d'une somme d'argent.

Le ton blessant de M. Dugast avait profondément froissé Hélène qui eut un mouvement de protestation indignée.

— Oh ! ce n'est pas pour moi, Monsieur, s'écria-t-elle ; je vous l'ai dit: c'est pour M^me Malorey que M^me Dugast connaît bien ; c'est pour sauver la petite boutique et peut-être même la vie de la malheureuse femme et de sa petite-fille.

— N'importe, fit le vieillard de son ton maussade, vous me permettrez de trouver singulier cet appel à notre bourse, alors que vous avez toujours repoussé de nous la moindre marque d'affection.

— Je ne vous connaissais pas, riposta la jeune fille, je n'avais aucun devoir envers vous, tandis qu'au contraire j'avais vu pleurer ma mère à cause de vos duretés et de votre injustice pour mon père. Entre les deux, je n'avais pas à hésiter.

Hélène avait repris toute son assurance et parlait avec une dignité fière qui impressionnait visiblement son oncle.

— Vous n'avez pas compris, continua l'institutrice ce que la démarche que je fais aujourd'hui auprès de vous témoignait en somme de confiance et peut-être d'affection. Depuis longtemps déjà, j'étais touchée par les marques d'amitié que me prodiguait M^me Dugast et si j'ai agi avec cette liberté, c'est que j'ai cru en votre bon cœur et en vos sentiments de générosité. Je m'étais trompée. Mettons que je n'ai rien dit. Adieu, Monsieur.

La jeune fille avait fait un pas vers la porte.

M<sup>me</sup> Dugast joignit les mains en un geste de prière.

Mais le cœur du vieillard s'était durci durant toutes ces années de vie triste et solitaire.

Il laissa partir Héléne sans la retenir.

# CHAPITRE XV

Hélène avait le cœur bien gros en rentrant à l'école.

Qu'allait-il advenir de la pauvre Gilberte et de sa grand'mère. La jeune fille n'osait le prévoir.

— Si j'écrivais à ce filateur, se dit-elle enfin ; en lui offrant cent vingt-cinq francs, il attendrait peut-être.

M<sup>elle</sup> Pernin accueillit son adjointe par ces mots :

— La petite Laperdrix, l'aînée, vous attend dans la classe ; elle veut vous parler.

Si la bonne demoiselle ne s'était pas informée tout de suite du résultat de la démarche d'Hélène, c'est qu'elle en croyait le succès assuré !

M<sup>elle</sup> Lefebvre avait appris avec étonnement que Gaëtane était là.

Ni elle, ni sa sœur n'avaient jamais de raisons pour venir à l'école et depuis quelque temps d'ailleurs, les rapports s'étaient un peu distendus entre les habitants des Glaïeuls et le jeune professeur qui hésitait, on le sait, à reprendre comme élèves Gaëtane et Roberte.

La situation des Laperdrix était devenue plutôt désagréable.

Le trésor qu'ils avaient rêvé de découvrir n'existait pas, mais la conviction qu'il existait au contraire, s'était bien ancrée dans l'esprit des Lanvillois et ils accusaient les châtelains d'en avoir dissimulé la découverte.

Et tablant sur les millions ainsi acquis, les gens du pays et toutes les administrations accablaient les Laperdrix de demandes de secours incessantes et de toute nature. On sollicitait leur générosité pour les malades, les pauvres, les orphelins, les hôpitaux, les dispensaires, les petits chinois et les tuberculeux. On leur réclamait une obole pour toutes les pompes à feu, les cloches et les fanfares des environs. Chacun comptait sur eux: pour remplacer une vache morte, un outil abîmé, une récolte compromise.

Les malheureux Laperdrix traqués ainsi de toutes parts songeaient à quitter les Glaïeuls et Mme Laperdrix qui en somme se plaisait dans cette propriété ne tarissait pas de reproches contre Joséphin qu'elle accusait bien injustement d'avoir découvert le souterrain.

Depuis quelque temps, ils se tenaient tous à l'écart, évitant le pays et ne sortaient guère qu'en automobile.

C'est pourquoi Hélène s'étonnait de savoir Gaëtane chez elle.

— Elle est venue seule? demanda-t-elle à Melle Pernin.

— C'est une bonne qui l'a amenée et la petite lui a dit de s'en aller.

La jeune adjointe entra dans la classe. Gaëtane les mains derrière le dos regardait vaguement une carte d'Europe pendue au mur.

Elle se retourna en entendant entrer son institutrice, elle avait la figure rouge et embarrassée.

— Bonjour Gaëtane, fit Hélène, vous voulez me parler?

La fillette avait un air de plus en plus gêné. Elle tortillait le pan de la ceinture qui nouait sa robe et baissait la tête.

Melle Lefebvre étonnée de cette attitude interrogea l'enfant.

— Vous n'êtes pas malade.

LA PAUVRE GRAND-MÈRE ÉTAIT AU DÉSESPOIR (PAGE 119).

— Oh ! non, Mademoiselle, fit Gaëtane, mais j'ai bien du chagrin.

Hélène fit un geste ; elle n'était pas habituée aux confidences de son élève ; elle reprit toutefois d'une voix douce :

— Et pourquoi donc, mon enfant ?

Gaëtane avait éclaté en sanglots et pendant quelques secondes ne put parler.

Elle balbutia enfin :

— Oh ! Mademoiselle, si vous saviez... Je ne sais pas comment vous dire... c'est bien mal... mais je n'avais pas pensé à tout ça... Et depuis j'ai eu tant de regrets...

Les larmes de la fillette redoublaient. A ces propos incohérents, l'institutrice n'avait pas compris grand' chose. Elle demanda :

— Mais qu'est-ce qui vous est arrivé, ma pauvre petite.

— Mademoiselle, vous ne devinez pas. C'est à cause de Gilberte et du prix d'histoire. Ce n'est pas moi qui l'ai gagné.

M<sup>elle</sup> Lefebvre avait eu un sursaut.

— Comment, que voulez-vous dire ?

Gaëtane parlait d'une voix entrecoupée de sanglots.

— C'est Gilberte qui l'avait mérité... J'ai volé sa copie.

Et comme l'institutrice ne paraissait pas comprendre, Gaëtane expliqua :

— Elle a été malade ; elle est sortie, j'ai changé sa feuille de papier avec la mienne. C'était mon nom qui était marqué sur sa composition. C'est son devoir qui a eu le prix et on a cru que c'était le mien.

M<sup>elle</sup> Lefebvre restait stupéfaite de l'aveu de son élève.

— Oh ! Gaëtane, Gaëtane ! murmura-t-elle, comment avez-vous pu ?...

— Je n'avais pas pensé à l'argent, Mademoiselle, répliqua vivement la fillette ; sans cela je ne l'aurais pas

fait. Mais j'en voulais à Gilberte de toujours être première. Je me suis dit que ce serait bien fait si elle n'avait
pas le prix sur lequel elle avait l'air de compter si bien.
Et puis, j'avais peur d'être grondée par maman, si je
n'avais rien ; elle disait que ce serait trop fort que je
sois battue par ces petites paysannes. Mais après, quand
j'ai eu l'argent, il m'a semblé que c'était comme si
je l'avais volé... Et puis, surtout quand j'ai su que Gilberte était malade et que sa grand'mère était bien malheureuse, — c'est Jeanne Valois qui me l'a dit — alors
j'ai pensé que si elle avait eu l'argent du prix, elle
aurait été bien contente.

Gaëtane parlait précipitamment tandis que des larmes
jaillissaient encore de ses yeux.

— Voilà longtemps que ça me tourmentait, Mademoiselle, mais je ne savais pas comment faire !... Alors
je me suis dit : « Je vais le dire à Mademoiselle
Lefebvre ».

— Vous ne vous êtes confiée à personne d'autre ?
demanda l'institutrice.

— Oh ! non, Mademoiselle, je n'aurais pas osé. Avec
vous, j'ai eu moins peur et j'ai pensé : Tant pis, si elle
me gronde, il faut que je lui dise tout !...

Hélène avait attiré vers elle la fillette. Elle se sentait à
cet instant pleine d'une pitié affectueuse pour cette
enfant qui n'avait pas au fond une méchante nature et
dont le cœur et l'esprit avaient été viciés par une éducation funeste et fausse.

Avec les accents fermes et doux à la fois qui lui étaient
habituels, elle fit reconnaître à Gaëtane tout l'odieux de
sa conduite même s'il n'avait pas été question d'argent
et que le vol existait quand même par le seul fait de la
substitution des noms. Puis elle conclut en disant à
Gaëtane que son aveu rachetait en partie sa faute.

— Il faut aussi la réparer maintenant, ajouta l'institutrice.

— Comment faire ?.

— Il faut tout dire à vos parents et rendre la somme à Gilberte, fit Hélène qui admirait à cet instant le hasard inespéré par lequel M^me Malorey allait peut-être être sauvée.

— Le dire à mes parents ! s'exclama Gaëtane en pâlissant, oh ! non, Mademoiselle, je n'oserai jamais. Vous ne connaissez pas maman ; je ne sais pas ce qu'elle me ferait ; elle ne me pardonnerait pas de vous l'avoir dit...

La pitié d'Hélène pour la fillette augmentait en l'entendant parler ainsi et elle s'étonnait que des enfants élevés de la sorte, entre des gâteries excessives et des sévérités sans mesure, l'esprit faussé par un orgueil stupide accompagné de honteuses mesquineries, ne fussent pas plus corrompues.

— Mais, reprit M^elle Lefebvre, vous l'avez dit vous-même tout à l'heure. M^me Malorey a grand besoin de cet argent qui appartient à Gilberte. Il faut que nous le lui rendions.

Gaëtane ne répondait pas.

— Qu'est-ce que vous avez fait des deux cents francs de votre prix ? demanda Hélène.

— On les a mis à la caisse d'Épargne avec l'argent de mes étrennes pour plus tard me faire une bourse.

— Eh bien, il faut les demander à vos parents. Vous leur direz que c'est pour une bonne œuvre ; ils ne pourront vous refuser cet argent que vous êtes sensée avoir gagné par votre mérite.

Gaëtane baissait le nez.

Avec les demandes d'argent perpétuelles qui assaillaient son père et sa mère de tous côtés, les sollicitations incessantes dont ils étaient l'objet, le moment lui paraissait mal choisi pour faire un nouvel appel à leur générosité. Elle finit par dire :

— Je demanderai à papa, il est moins dur à la détente ; et si maman bougonne, je lui dirai que tout le pays se fiche de nous, alors elle cédera et me laissera prendre mon argent à la caisse d'Épargne. Tant pis si ça l'embête.

Hélène était très choquée du langage de Gaëtane à l'égard de sa mère; mais elle songea que la fillette ne pouvait faire entièrement peau neuve d'un seul coup et elle se réserva de lui parler plus tard du respect dû aux parents.

— Je vais dire à Roberte de demander aussi ses économies, reprit Gaëtane; comme ça, Gilberte aura plus d'argent et on sera deux à supporter le coup.

M^elle Lefebvre avait souri de cette façon naïvement intéressée de faire participer Roberte à son acte charitable.

— Je m'en vais bien vite, Mademoiselle, poursuivit la petite Laperdrix et je reviendrai demain avec l'argent.

Une résolution invincible brillait maintenant dans les yeux de Gaëtane.

— S'ils refusaient de me le donner, déclara-t-elle, je leur dirais tout. A demain, Mademoiselle.

Hélène avait attiré vers elle la fillette et déposa sur son front un baiser bien tendre qui scellait son pardon.

. . . . . . . . . . . . . . . . . . . . . . .

Après le départ de Gaëtane, M^elle Lefebvre songea qu'elle avait le temps avant le dîner de retourner chez M^me Malorey à laquelle elle voulait donner des paroles de consolation et d'espoir, mais les événements de cette journée bien remplie n'étaient pas encore terminés.

Comme Hélène franchissait le seuil de sa petite chambre, elle se heurta contre un grand vieillard sec et maigre qu'accompagnait M^elle Pernin pour le guider.

C'était M. Dugast et la jeune institutrice eut un mouvement de recul; mais son grand-oncle s'était approché d'elle et lui avait saisi les deux mains.

— Je viens m'excuser, mon enfant, lui dit-il, de ma brutalité de tout à l'heure. Je suis vieux, j'ai beaucoup souf-

fert et je ne suis pas toujours le maître de mon humeur.
Je viens vous apporter la somme que vous me deman-
diez et à laquelle M^me Dugast a joint ses économies pour
faire soigner la petite Gilberte.

Il avait posé sur la table sept billets de cent francs.

— Oh! Monsieur! c'est trop, murmura Hélène et je ne
sais comment vous remercier...

— Vous n'avez qu'un seul moyen, mon enfant, reprit
M. Dugast d'une voix qui tremblait, que le passé soit
effacé; appelez-moi votre oncle et que notre maison
soit la votre désormais...

Hélène était violemment émue. Elle tourna ses regards
vers un portrait de sa mère pendu au-dessus de son lit,
et dans les yeux de la morte, il lui sembla lire l'oubli et
le pardon.

Elle se jeta en pleurant dans les bras que son grand-
oncle lui tendait.

# ÉPILOGUE

Gaëtane n'avait pas eu besoin de faire l'aveu de sa faute à ses parents.

M. Laperdrix à force d'insistance voulut bien consentir à ce qu'elle donnât l'argent de son prix pour la petite malade.

— Après tout, se dit-il, ça nous fera du bien dans le pays et ma fille n'a pas besoin de l'argent de ce concours. Elle a fait voir à ces petites paysannes qu'elle en savait plus qu'elles ! ça me suffit.

Mais Gaëtane, mue décidément par des sentiments qu'on n'aurait pas été en droit d'attendre d'elle, avait voulu que Gilberte connût la vérité tout entière ; la bonne petite fille avait vite excusé sa compagne et le sourire et la gaîté avaient reparu sur les lèvres de Gaëtane que troublaient depuis si longtemps le remords et le regret de sa faute.

Les Laperdrix ne songeaient plus à quitter le pays. On les persécutait moins depuis quelque temps. L'acte de générosité de Gaëtane envers Gilberte et qu'on n'expliquait que par un geste charitable avait transpiré et avait un peu concilié l'opinion publique aux châtelains des Glaïeuls.

Sans s'en douter, la brave M<sup>me</sup> Chopart avait été un puissant allié pour les Laperdrix. Elle déclarait à qui voulait l'entendre qu'il n'y avait jamais eu de trésor dans le souterrain de château.

— Pas plus que sur ma main, répétait-elle ; tout ça, c'est des *giries* qu'ils ont fait pour amuser les gens, quoi !...

L'opinion de M<sup>me</sup> Chopart avait du poids dans le pays. On finit par croire qu'en effet, il n'y avait plus à persécuter les châtelains pour qu'ils fissent profiter les Lanvillois de leur trouvaille.

Avec l'argent de Gaëtane et celui des Dugast, M<sup>me</sup> Malorey avait rétabli ses affaires et Gilberte envoyée pour quelques mois dans un sanatorium du Midi était en pleine voie de guérison.

Hélène se partageait entre l'école et le Doyenné. Elle n'avait pas voulu abandonner M<sup>elle</sup> Pernin, et elle n'allait coucher chez son oncle que le jeudi et le dimanche. La vieille amie l'y accompagnait du reste souvent et échangeait avec M<sup>me</sup> Dugast des secrets culinaires.

— Voyez-vous, M<sup>me</sup> Rougeon, disait un soir d'automne M<sup>me</sup> Chopart qui commentait au coin de son feu avec sa voisine les derniers événements, dans ce bas monde de la terre, y a encore plus de bonnes gens que de méchants... et chacun finit par trouver chaussure à son pied ; mais faut des fois de la philosophie comme ils disent.

Qui étaient ces ils?... M^{me} chopart négligeait de le dire et M^{me} Rougeon de le demander ; mais les deux amies avaient l'habitude de se comprendre.

On entendit dans le lointain les grelots de la diligence.

— V'là la voiture, fit M^{me} Chopart, en se levant ; allons voir s'il y a des voyageurs !

# Table des Chapitres



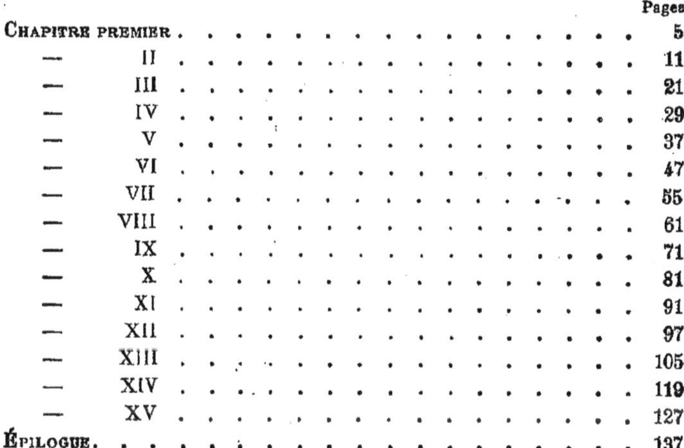

Imprimé et Relié dans mes Ateliers

37, rue Gandon, 37

PARIS

# Reliure serrée

www.ingramcontent.com/pod-product-compliance
Ingram Content Group UK Ltd.
Pitfield, Milton Keynes, MK11 3LW, UK
UKHW022351090726
13658UKWH00002B/592